光文社文庫

文庫オリジナル／長編青春ミステリー

菫色《すみれいろ》のハンドバッグ

赤川次郎

光　文　社

『菫色《すみれいろ》のハンドバッグ』目次

●主な登場人物のプロフィールと、これまでの歩み

第一作『若草色のポシェット』以来、登場人物たちは、一年一作の刊行ペースと同じく、一年ずつリアルタイムで年齢を重ねてきました。

杉原爽香《すぎはらさやか》……三十八歳。中学三年生の時、同級生が殺される事件に巻き込まれて以来、様々な事件に遭遇。大学を卒業した半年後、殺人事件の容疑者として追われていた明男を無実と信じてかくまうが、真犯人であることを知り自首させる。十一年前、明男と結婚。一昨年、長女・**珠実**《たまみ》が誕生。仕事では、高齢者用ケアマンション〈Pハウス〉から、**田端将夫**《たばたまさお》が社長を務める〈G興産〉に移り、老人ホーム〈レインボー・ハウス〉を手掛けた。一昨年から、カルチャースクール再建の新プロジェクトに携わり、講師に**高須雄太郎**《たかすゆうたろう》を招聘《しょうへい》。

杉原明男《あきお》……旧姓・丹羽《にわ》。中学、高校、大学を通じて爽香と同級生だった。大学時代に大学教授夫人を殺《あや》めて服役。現在は〈N運送〉に勤務。十年前に知り合った**三**《み》**宅舞**《やけまい》から、今に至るまで好意を寄せられ続けている。

杉原充夫《みつお》……借金や不倫など、爽香に迷惑を掛けっぱなしの兄。二年前脳出血で倒れ、現在も入院中。九年前に別れた**畑山**《はたやま》**ゆき子**《こ》と病院で昨年再会。

杉原則子《のりこ》……杉原充夫の妻。夫の充夫が倒れた二年前、**綾香**《あやか》と**瞳**《ひとみ》を残し、長男の**涼**《りょう》だけを連れて家を出て行ってしまった。昨年、涼を爽香に託し、再び失踪。

麻生賢一《あそうけんいち》……〈G興産〉社員で、爽香の元秘書。南寿美代《みなみすみよ》、**果林**《かりん》の母娘《おやこ》と六年前に結婚。十三歳の果林は、名子役として活躍中。

栗崎英子《くりさきひでこ》……往年の大スター女優。十四年前〈Pハウス〉に入居して爽香と知り合う。その翌年、映画界に復帰。麻生果林とは、女優活動を通じて母娘のような間柄。

河村太郎《かわむらたろう》……爽香と旧知の元刑事。現在は民間の警備会社に勤務。爽香たちの中学時代の担任、**安西布子**《あんざいきぬこ》と結婚。天才ヴァイオリニストの娘・**爽子**《さわこ》と、長男・**達郎**《たつろう》の他、捜査で知合った**早川志乃**《はやかわしの》との間に娘・**あかね**がいる。

森沢澄江《もりさわすみえ》……高須雄太郎の秘書。昨年、高須の息子・**伸宏**《のぶひろ》の子を妊娠。

リン・山崎《やまざき》……爽香が手掛けるカルチャースクールのパンフレットの表紙イラストを制作。爽香とは小学校時代の同級生。爽香にヌードモデルを要請した。

中川《なかがわ》　**満**《みつる》……爽香に好意を寄せる殺し屋。

――杉原爽香、三十八歳の冬

1　椅子《いす》

「お母さん？」

爽香《さやか》は玄関を上《あが》って、声をかけた。「――いる？」

返事がない。

爽香は、家の中が冷え切っているので心配になって、

「お母さん！」

と、少し大声を出した。

すると、

「――爽香なの？」

と、居間から母の声がした。

「何だ……。良かった！」

爽香は居間を覗《のぞ》いて、「こんな寒い所で、どうしたの？」

「あ……。眠ってて気が付かなかったわ」

「もう！　風邪《かぜ》ひくよ」

爽香はエアコンのスイッチを入れた。

「さっきはまだ日が射《さ》してたのよ」

と、欠伸《あくび》して、「もうこんなに暗いの？　冬ね」

「呑気《のんき》なこと言って」

と、爽香は苦笑した。「ちゃんと食べてる？」

「食べてるわよ。飢え死にしちゃうじゃないの」

と、真江《まさえ》は言った。

爽香は冷凍庫の扉を開けると、

「残ってるじゃない、ずいぶん。食べなきゃだめだよ」

と言った。

「だって、そんなに沢山食べられないわよ。一人なんだもの」

「古いのは持って帰って捨てるから。――今日、こしらえて来たのを下へ入れとくからね」

「ありがとう。大変でしょ？　無理しないでいいのよ」

「どうせ、珠実《たまみ》ちゃんのおかずを作るんだから。それに、生協で配達してくれるものもあるし、それほど大変じゃないよ」

爽香は、持って来たおかずの入ったタッパーウェアを冷凍庫へしまった。

「でもねえ……」

と、真江はダイニングのテーブルを眺めて、「一人で食べてても、向いにお父さんが座ってないと……。誰もいない椅子《いす》を見ながらじゃ、食欲もわかなくてね……」

扉を閉めて、

「分るけど」

と、爽香は言って、居間へ戻って来る。「少し出歩いたら？　以前は時々お友だちと出かけてたのに」

——父、杉原成也《すぎはらしげや》は、去年倒れて、そのまま意識が戻ることなく、半月後に死んだ。

一周忌が済んで、真江は気が緩んだようにぼんやりしていることが多くなった。

「ね、何か習ったら？　うちだって、色々教室が増えてるよ。お母さんならタダでいいからさ」

「何言ってるの」

と、真江は苦笑した。「——充夫《みつお》の所に行った？」

「先月から行ってない」

と、爽香は首を振って、「新学期で忙しくて、つい……」

爽香がリーダーシップを取って、立て直しに努力して来た〈S文化マスタークラス〉の新学期のことである。

「一年で黒字にする」

という条件はクリアできなかったのだが、〈G興産〉の中で、爽香に批判的だったグループのトップの取締役が年の初めに突然倒れて、社内はかなり人事が動いた。

その混乱の中、〈S文化マスタークラス〉の問題はあまり注意を引くこともなく済んでしまった。

もともと、こういう事業は大きな利益が見込めるものではない。一種の社会貢献として、収支とんとんならいい、と考えるべきだと爽香は思っている。

真江は、少し間を置いて、

「あの人、来てるの?」

と訊《き》いた。

脳出血で倒れた兄、充夫は、まだ病院でリハビリを続けている。リハビリだけなら入院していられないのだが、内臓にあちこち病気があって、治療を続けているのだ。

妻の則子《のりこ》は姿を消したまま、消息が知れない。そして、かつて充夫の恋人だった畑山《はたやま》ゆき子が、充夫をしばしば見舞っていた。

「来てるらしいよ」

と、爽香は肯《うなず》いた。「綾香《あやか》ちゃんは時々会うって」

「そう……」

真江は複雑な表情で、「お父さんも、ずっと心配してたわ。『爽香の所は大丈夫だろうが、充夫はいくつになってもフラフラしてるからな』って……」

「分んないよ、人間、何が起るか」

と、爽香は言った。「コーヒー、淹《い》れようか」

「いいの、帰らなくて？」

「来たばっかりだよ」

爽香はコーヒー豆を挽《ひ》いて、ドリップでコーヒーを淹れた。コーヒーの香りが広がる。

「ああ……。いい匂《にお》いね」

と、真江が言った。「お父さん、よく自分で淹れてた……」

爽香は二人分のカップを居間のテーブルに運んで、一緒に飲んだ。

「――お母さん」

と、爽香が言った。「今のままだと、綾香ちゃんが大変。もちろん私のとこだって、そう余裕あるわけじゃないし。どう？　ここで綾香ちゃんたち、暮すようにしたら、経済的に少しは助かると思う」

真江は微笑《ほほえ》んで、

「分ってるわ」

と言った。「あんたに言われなくても、お父さんもそう言ってた。でもね……。そうなれば、綾香ちゃん、涼《りょう》ちゃん、瞳《ひとみ》ちゃん、三人がここで暮すことになるでしょ。この家をどう使うか……」

「それは色々とやり方があるでしょ」

「うん、そうなんだけど……。どうしたってお父さんの部屋とか、お父さんの持ってた物とか、片付けなきゃいけない。——それを考えると辛《つら》くて」

と、真江は言った。「ごめんね、わがまま言って。もう少ししたら、お父さんのこともそう気にせずにいられると思うけど……」

「うん、分るよ」

と、爽香は肯いて、「急がなくていいから。お母さんがその気になったら、そう言って」

「すまないね」

「その代り、私のこしらえたおかずを、ちゃんと食べること。いい？」

「はいはい」

と、真江は笑顔で言ったが、寂しげな影は消えなかった。

実家を出た爽香は、バス停へと歩き出した。冬の日は短く、もう辺りは暗くなっている。

今日は土曜日で休んでいるが、明日は〈S文化マスタークラス〉へ行かなくては。日曜日は、カルチャースクールにとって「書き入れどき」である。

人気講師の高須雄太郎《たかすゆうたろう》のクラスもあるので、一応挨拶《あいさつ》しなくてはならない。

バス停に着いて、時刻表を見ると、土曜日は本数が少なく、あと二十分ほど来ない。

仕方ない。――爽香はケータイを取り出して、明男《あきお》にかけた。

「――あ、もしもし。今、うちを出た。ごめんね。お腹空《なかす》いたら、冷蔵庫のシチュー、温めて食べて。分るよね」

――正直なところ、爽香は困っていた。

母が、あれほど父の遺《のこ》した物にこだわるとは思っていなかったのである。

むろん、それは両親の仲が良かったということだし、爽香としても嬉《うれ》しい。ただ、日々の生活を考えると、もう綾香たちの暮しは限界に近付いていた。

兄の入院費、子供三人の生活費、綾香は働いているが、パートの仕事しかなく、収入は知れている。下二人の学校の費用もある……。

爽香は精一杯節約して、綾香たちの生活を助けているが、それにも限度があった。

綾香に、もっとしっかりした、フルタイムで働ける仕事を見付けること。そして、三人で実家に越して来ること……。

母にはああ言ったが、もう時間は限られている……。

ケータイをしまおうとすると、鳴り出した。

「――はい」

と、出てみると、

「元気か」

この声……。

「中川《なかがわ》さん、お元気ですか」

と、爽香は訊き返した。

「お前は、あんまり元気じゃなさそうだな」

相変らず皮肉めいた口調である。

「どうしてですか。元気ですよ」

と、爽香は言った。

「大変なんだろ、父親は死ぬし、兄貴は倒れて入院したきりで、女房には逃げられて……」

爽香はいささかムッとして、

「よほどお暇《ひま》なんですね。人の家の事情を、そんなに根掘り葉掘り」

「俺《おれ》が暇なのはいいことだろ」

「それはそうですが……」

あ、と思った。パタッと肩に当るものがある。雨が降り出したのだ。

「あの、今、外にいるので。雨が降って来て――」

「じゃ、乗れよ」

その声は、直接聞こえて来た。

目の前に車が停《とま》って、運転席から中川が顔を出している。

爽香はちょっと迷ったが、急いで助手席のドアを開けて乗り込むと、

「変な趣味ですね」

と言った。

「家まで送ってやる」

「いえ、駅までで結構です」

「遠慮するな。どうせ暇なんだ」

車が走り出した。——雨はすぐ本降りになって、フロントガラスを雨滴が覆《おお》う。

ワイパーが忙しく動き始めた。

「——濡《ぬ》れると風邪ひくぜ」

と、中川は言った。

どういうわけか、爽香をいつも見守っている「物好き」だが、爽香としては複雑である。

中川は「殺し屋」で、組織を裏切った人間を始末するのが商売だ。

殺人犯である中川に、爽香は一度ならず救われていて、今となっては警察へ通報することもできない。

なぜか、中川は爽香に惚《ほ》れているらしく、爽香も中川に、どこか奇妙な親近感を抱いている。

「お前は相変らずだな」

と、中川は言った。「世の中の苦労を一人でしょい込んで、悲劇のヒロインをやってる」

「私の人生です。放っといて下さい」

「だが、例の何とかいうカルチャースクールは繁盛してるようじゃないか」

爽香はチラッと中川を見て、

「まさか……」

「見学に行ったぜ。パンフレットに〈見学歓迎〉とあったからな」

爽香は笑うしかなかった。

「よろしければ入学なさったら？　ご興味のおありのクラスがありましたら」

「遠慮しとく。――入学して、お前とデートできるのなら別だが」

「生徒さんとお付合《つきあい》は――」

「シートベルト、ちゃんとしろ」

「あ……。はい」

殺し屋に注意されるのも妙な気持だ。

「金に困ってるんだろ」

「え？」

「兄貴も倒れて収入がない。ガキは三人もいるしな」

「長女は大人です。働いてますから」

「パートじゃ、食べてけやしないだろ」

「そんなことまで知ってるんですか？」

「気を付けろよ。お前が兄貴の一家を養おうたって、無理だぜ。共倒れになったら元も子もない」

「ご心配いただいて……」

爽香としては返事のしようがない。

中川はしばらく黙って車を走らせていた。そしてポツンと、

「お前と似てるのかな」

「――は？」

「綾香っていうんだろ、兄貴のとこの長女」

「ええ。でも、どうして……」

「気にしてるんだ。何もかもお前におんぶしてやって行くんじゃ、申し訳ないって」

「綾香のことを知ってるんですか？」

「聞いただけだ」

「聞いた？」

「ちょっと危い風俗の店に面接に行ったそうだぜ」

爽香は言葉を失った。――中川は続けて、

「もう子供じゃないから、そういう商売を選ぶのも自由だが、あの店はまずい。組が直接経営してるようなもんだ。一度男でもできたら、とことん食いものにされるぞ」

爽香は青ざめていた。

「中川さん、すみませんが、兄の家へやって下さい」

「俺はタクシーか？」

「暇なんでしょ！」

と、爽香はかみつきそうな声で言った。

2　祝宴

一瞬、立ちくらみを起しそうだった。

強いライトの下、顔が熱く、そしてスタジオの中は冷え切っている。――若い役者でも、疲労の色が濃い。

しかし、ここで頑張らなければ。

フラついたりしたら、また「NG」になる。せっかく上手《うま》く行っているのだ。

栗崎英子《くりさきひでこ》はシャンと背筋を伸し、真直《まっす》ぐに相手役の若者を見つめた。

――ほんの何秒かが、永遠のように長い。

そこへ、

「カット！」

と、監督の声が響き渡った。

ホッと息をつく。しかし、まだ安心はできない。

監督が「音声」の方を見る。セリフがちゃんとマイクに入ったか、余計な音が混ってないか、確認するのだ。

音声のベテランが肯く。

「はい、OK!」

という監督の声で、やっと安心できる。

もう深夜だ。

マネージャーの山本《やまもと》しのぶが駆け寄って来る。栗崎英子がかなり疲れているのを分っているからだ。

「大丈夫ですか?」

「ちょっと疲れたわね」

と、英子は「ちょっと」に少し力をこめて言った。「今日はもう終りよね」

「もちろんです。それに――」

と、山本しのぶが言いかけたとき、

「皆さん!」

と、チーフ助監督の声が響いた。「栗崎英子さん、本日でアップです!」

え? そうだっけ?

英子は、自分でも忘れていたのだ。

監督が花束を持ってやって来ると、

「ありがとうございました」

と、英子へ手渡す。

「こちらこそ」

息子と言うにも若過ぎるくらいの、まだ三十代の監督だが、礼儀正しく、そしてよく粘った。

沢井《さわい》邦治《くにはる》、三十六歳の新人監督である。

「出ていただけて光栄です」

「あなた、監督なんだから」

と、英子は言った。「もっと偉そうにしてなさいよ」

「いえ、そういうわけにも……」

「そうね。これが何本目だっけ？」

「三本目です。でも一本目、二本目はマイナーな作品でしたから」

「映画は同じよ。大作も貧乏作もね」

「はい」

「あなた、よく粘ったわ。監督に気をつかわれると、役者はくたびれちゃうの。役者は好きなだけ使っていいのよ」

「はあ……」

「じゃ、試写を楽しみにしてるわ」

「ありがとうございます」

沢井邦治はもう一度頭を下げた。

中肉中背で、どこといって特徴のない、パッとしない男だが、カメラのそばに座ると目つきが変る。

拍手に送られて、英子はスタジオを出た。

「持って」

花束を山本しのぶへ渡す。

「真直ぐ帰りますか？」

と、しのぶが訊いた。

「もう遅いけど……。明日は早く起きなくていいんだわね。どこか開いてるかしら？　喉《のど》が渇いたわ」

「ホテルのバーでしたら。——何か簡単に食べられますし」

「いいわね。じゃ、適当にやってちょうだい」

車に乗り込むと、英子はさすがに疲れが出て、目を閉じた。

山本しのぶがハンドルを握り、あまり車を揺らさないように、スピードを抑えて走らせる。

車の中でウトウトするのが、英子にとって、いい疲労回復の方法であることを知っているからだ。

実際、車が走り出すとすぐに英子は浅い眠りに落ちていた。

もう今年八十歳になるのだから、今までのペースで仕事をしていれば無理が来るのも当然だ。

しのぶのケータイが鳴った。

車を脇へ寄せて停めると、

「——もしもし」

「杉原です」

「ああ、爽香さん」

「夜中にすみません。『何時でもいいから連絡を』ってメールで……」

「ええ、そうなんです」

「栗崎様に何か？」

「いえ、そうじゃないんだけど……」

しのぶはチラッと後部座席の英子へ目をやった。大丈夫。眠っている。

「今夜、映画一本、出番が全部終って、今帰りなんです」

「あ、それじゃかけ直しますか？」

「いえ、大丈夫。眠ってらっしゃるから」

「それじゃ——」

「ご相談したいことがあって」

と、しのぶは言った。「今年、栗崎さん、八十歳なんです」

「ええ、存じてます。お誕生日、もうじきでしたね」

「それで、映画関係者とかテレビの人から、ぜひお祝いの会をやろうって話が出てるんです」

「はあ」

「でも直接伺《うかが》えば、『そんなことやめて』っておっしゃると思うんです」

「そうですね」

「それで、お願いなんです。杉原さんが企画から加わって下さっていれば、英子さんも納得されると思うんです」

「私がですか?」

「実際には、アドバイスしてあげていただきたいんです」

「というと……」

「こういう会をやるのもいいんじゃありませんか、って。杉原さんがおっしゃれば、栗崎さんもきっとその気になって下さると思うので」

「分りました」

と、爽香が言った。「私でお役に立てるのなら」

「お願いします！　もうホテルの会場を予約してるんですよ」

「まあ、手回しのいいこと」

「いい会場は早く押えないと。――大体、二百人くらいの規模で、と思ってるんですけどね。杉原さん、一度相談に乗って下さい」

「はい、承知しました」

爽香の声も少し弾《はず》んでいる。「楽しいですね。そういうプラン立てるの」

「ぜひ栗崎さんに喜んでいただける会にしたいので」

「私にできることなら、何でもおっしゃって下さいな」

「心強いです、そう言っていただけると」

しのぶは通話を切ってから、英子の様子をうかがった。

大丈夫。眠っている。

再び車を出すと、しのぶは都心のホテルKへと向った。

――二十分ほどで着くと、

「着きました」

と、声をかける。

「ああ……。眠っちゃったのね」

と、英子は欠伸をして、「どこ？　――ああ、ホテルKね」

「いつもお使いですから、気楽かと」

「ええ、いいわね。じゃ、何か軽く食べようかしら」

車を降りると、

「失礼いたしました！」

と、ドアボーイが駆けて来る。「栗崎様、いらっしゃいませ」

「今、食事できる所はある？」

「この時間ですとバーになりますが、お食事はルームサービスから運ばせますので」

「それで結構。――車をお願いね」

英子は背筋を伸し、「女優」の顔になってロビーへと入って行った。

「――これは、栗崎様」

声で分ったが、いつも制服姿を見慣れている人間が私服でいると、別人のように見えるものだ。

「あら、戸畑《とばた》さんね。もう帰り？」

「はい。今までお仕事ですか？　大変ですね」

「撮影はそんなものよ」

と、英子は言った。「軽く夜食をと思って」

「ではバーの方で。ご案内いたします」

「いいわよ、もう帰りなんでしょ」

「いえ、栗崎様をご案内もせずに帰れません！」

英子は笑った。上機嫌な笑いだった。

――戸畑往夫《いくお》は五十代後半のホテルマンである。このホテルKに、十八歳のときボーイとして就職してから四十年にもなる。

レストランのマネージャーとして、今は常連客のお気に入りである。

どこといって目立つところはないが、中年を過ぎて大分太って来て、今は仲間から「関取」などと呼ばれている。

戸畑は、このホテルKに度々出入りする客なら、特別地位や名声のある客でなくても、一人残らず憶《おぼ》えている。それが彼の誇りでもあった。

バーに入ると、すぐにチーフを呼んで、

「栗崎様だ。奥のテーブル」

と、小声で指示した。「お食事を、ルームサービスで取ってさし上げてくれ」

続いて入って来た英子を、

「さ、どうぞどうぞ！」

と、案内する。

奥の席に落ち着くと、

「私のマネージャーはどこかしら？　捜《さが》して来てくれる？」

山本しのぶが、いつの間にかそばにいないのである。

「かしこまりました。山本様でいらっしゃいましたね」

「ええ」

「今すぐに」

戸畑はバーを出た。

ロビーに戻ると、しのぶが宴会係のチーフマネージャーと話をしていた。

「山本様。栗崎様がバーの方に」

「あら、ありがとう。すぐ行くわ」

しのぶはそう言ってから、宴会係の男性に、「そういうことでよろしく」

と、会釈した。

「かしこまりました。お任せ下さい」

しのぶと戸畑はバーへと向った。

「――何かお祝いごとですか」

と、戸畑は訊く。

「ええ。栗崎様の八十歳のお祝いを、と思って」

「それはすばらしいですね！」

「まだご本人には内緒よ」

「かしこまりました」

「あなた、ええと……」

「戸畑でございます」

「そうそう。戸畑さんだったわね。あなたも力になってくれる？　いい会にしたいの」

「それはもう喜んで！」

「良かった。具体的なことが決ったら、連絡するわ」

「よろしくお願いします」

戸畑は素早く名刺を出して、しのぶに渡した。「いつでもこちらへ」

「ありがとう」

バーの入口で、戸畑は足を止めた。

「では、どうぞごゆっくり」

戸畑は、そのままホテルを後にした。

——夜もふけた町を、戸畑は足早に通り抜けて行った。

3　秘　密

「ちょっと出かけて来るから」

と、杉原爽香は席を立った。

「はい。お戻りは？」

と、久保坂《くぼさか》あやめが訊いた。

「五時までには戻るわ」

「デートですか？」

と訊かれて、爽香は笑うと、

「ま、デートといえばデートかな。山崎《やまざき》さんとお昼食べる約束なの」

「あ、リン・山崎さんですか」

「ええ。――じゃ、よろしくね」

「それだったら、チーフ、すみませんけど」

と、久保坂あやめが急いで引出しをかき回す。「これ、山崎さんに渡していただけませんか」

と、クリアファイルに入った書類を差し出した。

「これ、なあに?」

「次のパンフレットの表紙にもあの絵を使うでしょ。もう一度改めて契約しないと」

「ああ、そうね」

爽香が再建に係《かかわ》っているカルチャースクール、〈S文化マスタークラス〉の新しいパンフレットのことである。

その表紙の絵を描いたのは、爽香と小学生のとき同級だった山崎和男《かずお》。今や、〈リン・山崎〉として、売れっ子の画家、イラストレーターである。

普通ならとても依頼できないところだが、

「昔なじみのよしみで」

安い画料で引き受けてくれ、またその絵は評判が良かった。今度の新しいパンフレットにも、その絵を使わせてもらったのだ。

その分は別に支払わなければならない。

「分ったわ。渡しとく」

と、契約書をビジネスバッグへ入れ、「返信封筒、入れた?」

「あ、いけない! すぐ作ります!」

「もし、その場でサインしてくれたら、持って帰るわ」

爽香は、そう言ってオフィスを出た。

――昼食には少し遅いが、「昼食の約束」というのは嘘《うそ》ではない。


「やあ」

ドアが開いて、山崎が笑顔で立っていた。「時間、正確だね」

「社会人の常識」

と、爽香は言った。「はい、お昼」

「ありがとう」

爽香は、山崎のアトリエに入ると、買って来たハンバーガーとコーヒーを、隅の小さなテーブルに出した。

「光線の具合もいいよ。早いとこ食べて取りかかろう」

と、山崎は言った。「いくらだった?」

「レシート」

と、爽香が渡すと、山崎は「昼食代」を現金で払った。

二人はすぐに食べ始めた。

「三時間でお願いね」

と、爽香は言った。

「分った」

と、山崎は肯いて、「次はいつごろ時間取れそう?」

「うーん……。私よりあなたの方が忙しいじゃないの」

「僕の仕事は、よっぽど差し迫らない限り、何とかなるよ」

「そう……。今月はちょっと無理かも」

「分った。でも、わざと予定入れないでくれよ」

「そんな……。私だって、早く描き上げてほしいわ」

山崎にパンフレットの絵を頼んだとき、画料を安くしてもらったのだが、「その代り」として、

「君をモデルに絵を描きたい」

と言われたのだ。

爽香としては断るわけにいかなかった。

しかし、〈S文化マスタークラス〉の仕事に追われて時間が取れず、初めてこのアトリエに来たのは今年の初夏だった。以後、「二人の都合が合う日」を選んで、今日でまだ四回目である。

「――さ、始めようか」

と、食べ終えた山崎が手をウエットティシューで拭《ふ》くと、立ち上った。「ヒーター、つけとくよ」

「ええ」

爽香はバッグを手に、アトリエの隅の衝立《ついたて》のかげに入った。

「君のヌードを描きたい」

という山崎の希望を、結局断り切れなかった。

「そうだ」

服を脱ぎながら、爽香は言った。「パンフレットの新年度分の使用料、払うわ。契約書、持って来たから、後で渡すわね」

「そう。分った」

山崎はもうキャンバスの前に立っていて、たぶん爽香の話をろくに聞いていない。

爽香は脱いだものをたたんで重ねて置いた。――初めてここで裸になったときは、やはり恥ずかしくてなかなか出て行けなかったものだ。

いや、今でも抵抗がないわけではない。しかし、一旦《いったん》承知したことなのだ。

それに、山崎はあくまでプロに徹して、他に下心があるとは思えなかった。

全裸になって、掛けてあったバスローブをはおると、

「お待たせ」

と、出て行った。

「じゃ、今日はその長椅子の位置で。いい光が当ってる」

「はい」

少しアンティークな西洋風の長椅子の前でバスローブを脱いで傍《かたわら》に置く。つい、山崎に背中を向けていた。

爽香は長椅子に横たわって、ポーズを作った。

「もう少し上体を起して。──肘《ひじ》の位置が違う」

山崎はスタスタと歩み寄って、爽香の姿勢を直した。爽香の肌に触れるのはこのときだけである。

「いやだな、お腹がたるんでて」

と、爽香は言った。「ねえ、少しお腹引っ込めて描いてよ」

「いいんだよ。ファッションモデルじゃないんだ。そのたるみに人生がある」

「ものは言いようね」

山崎が絵筆を走らせる。油絵具の匂いがしていた。

──小さい子供のころはともかく、明男以外の男性の目に裸体をさらすのは初めてだ。

「どうして私を?」

と、何度も訊いたが、山崎は、

「ただ描きたいだけさ」

と言うばかり。

大分慣れたとはいえ、爽香の胸には、ただ恥ずかしいという思いだけでなく、引っかかっていることがあった。

このことを、明男に話していないのである。

「絵のモデルになって頼まれて」

とは言ったが、ヌードを描かせるとは言っていない。

ちゃんと話そうと思ったし、話したところで明男が怒りはしないだろうとも思っていたが……。何となく言い出しにくく、きっかけを失っている内に、時が過ぎてしまった。

このまま黙っていれば、知られずに済むかもしれない。——つい、そんな風に考えてしまう。

初めの内、山崎に妙な下心はないということに、どうしても確信が持てなかったせいでもある。今は安心しているが、今さら明男に話したら、なぜずっと黙っていたのかと訊かれそうだ。

そう……。わざわざ話すこともない。

それでなくても、今の爽香には頭を悩ますことがいくつもあるのだ……。

「もう少し、顔を明るい方へ向けてくれるかな?」

と、山崎が言った。「——はい、それでいい」

あと、何回ぐらいで完成するの？

爽香はそう訊きたかったが、山崎に「早く終らせて」と言っていると取られそうな気がして、口に出せないでいたのである。

ケータイの震える気配で、戸畑往夫は目を覚ました。

一瞬、寝過したのかと思った。

しかし、枕もとの時計を見て、

「何だ……」

と呟《つぶや》く。

午後四時。——時計はデジタルで〈16：00〉という表示になっている。

ホテルマンは、昼の勤務、夜の勤務が不規則に回って来る。12時間表示の時計では、

「今、午前なのか午後なのか」

迷うことがあるのだ。

今日は夜勤で、翌朝まで働くことになっているはずだ。——戸畑は手を伸してケータイを
手に取った。

部下の桜井《さくらい》からだ。何かあったのだろうか？

「——もしもし」

「戸畑さん！　すみません、起して」

桜井の声は少し上ずっていた。

「いや、別にいい。何があった」

と、起き上る。

「あの——すぐホテルへ来て下さい」

よほどのことだ。

「分った」

詳しい話を聞いていたら、出るのがどんどん遅れる。戸畑は切って、布団から出た。

ホテルの仕事にトラブルはつきものだ。

しかし、たいていのことなら桜井で対処できるはずで、「すぐ来い」とは、ただごとではない。

戸畑は数分で仕度《したく》をして、アパートを出た。

タクシーを停めて、

「ホテルKへ」

と、早口に告げる。

町はそろそろ夕方の気配だった。日がどんどん短くなっている。

戸畑は車の中で、ケータイのメールをチェックした。――つい、笑みが浮ぶ。

〈お父さん、元気？
相変らず忙しいの？　私ね、今度の文化祭のミュージカルで主役やるのよ！
凄いでしょ！
11月の19日、20日。どっちか来られそう？　ううん、絶対見に来てね！
愛衣〉

一人娘の愛衣《あい》は十六歳。高校一年生だ。

戸畑が四十過ぎて産まれた子である。可愛《かわい》くてたまらないのは当然と言えるだろう。

しかし――今、愛衣は一緒に暮していない。妻の亜由子《あゆこ》と離婚して、もう八年たつ。

愛衣は亜由子と暮しているのである。亜由子は旧姓の守田《もりた》に戻ったので、愛衣も今は守田を姓にしている。

十歳年下の亜由子は、普通のＯＬをしていた。ホテルマンの不規則な生活を、結婚前から頭では分っていても、実際に生活してみると、ついて行けなくなったのである。

特に、愛衣が学校で大けがをしたとき、ホテルでの大切なパーティを休めない、と言って、亜由子にすべてを任せて出勤した。それをきっかけに、亜由子との間は冷え切ってしまった。

加えて、戸畑が新人のウエイトレスと関係を持ってしまい、そのことが亜由子にも知れた。

――離婚するとき、妻より娘と別れるのが辛かったが、自分で娘の面倒をみることはできないと分っていたのだ。

そのとき、愛衣はまだ八歳だったのだから……。

〈愛衣へ

必ず見に行くよ！　詳しいことが分ったら、教えてくれ。

父さんより　〉

メールを返して、ちょっと息をつく。

もうホテルが近かった。

「裏の方へ回ってくれ」

と、運転手に言った。

〈従業員出入口〉とあるドアを開けて、中へ入る。

どんなトラブルにせよ、私服では対応できない。――ロッカールームで、急いで制服に着替えた。

ケータイで、桜井にかける。

「今、ロッカールームだ。どこにいる？」

「あ、こっちから行きます」

ここへ来る？　――では、客絡みのトラブルではないのか？

「――すみません」

桜井が息を弾ませてやって来た。

「どうしたんだ」

と、戸畑は訊いた。

「実は――さっき支配人に呼ばれたんです。僕だけじゃなくて、主任以上で出勤している者、全員」

「それで？」

「見たことのない男が支配人と一緒にいて……。支配人から『今日からこの方がこのホテルのトップだ』と……」

「何だって？」

「うちが苦しいことは知ってましたけど、そこまでとは……」

「つまり、そいつはこのホテルの立て直しに来たということか。いきなりとはな」

「その場で発表があったんです」

と、桜井は言った。「大規模なリストラです。戸畑さんも……辞めてもらう、と」

「――そうか」

言葉が出るまで、少しかかった。

まさか自分が、という思いももちろんあった。しかし、心の中では冷笑していた。

ホテルのことを何も知らない奴が、「給料の高い者から切る」という方針で決めたことだろう。後になって悔むことになるぞ。

「桜井、お前はどうなるんだ」

と、戸畑は訊いた。

「はあ……。僕はまあ……何とか」

「首がつながったのか。良かったな」

「いえ……。それが……」

桜井は口ごもりつつ、「僕が……戸畑さんの後釜《あとがま》に……」

それを聞いて、戸畑の顔がこわばった。

4 求職

爽香が、モデルの「仕事」を終えて社に戻ると、

「杉原さん」

と、受付の女性が呼び止めた。「お客様がお待ちです」

一瞬焦った。約束を忘れていただろうか？

「どちらに？」

「あ、応接室です」

「ありがとう」

急いで応接室へ向うと、ドアをノックして、

「お待たせいたしまして――」

と、ドアを開ける。「あら！」

「すみません」

森沢《もりさわ》澄江《すみえ》がソファで顔を上げた。

「お腹空かしてて」

高須雄太郎の秘書の森沢澄江である。今、腕の中に赤ちゃんを抱いて、哺乳《ほにゅう》びんでミルクを飲ませていた。

「まあ……。退院したの」

「ええ、先月。ご連絡しなくて、すみません」

「そんなことといいの。——顔色いいわ。良かったわね！」

「おかげさまで」

澄江の笑顔は穏やかで、おっとりとしていた。爽香はそばに座って、赤ちゃんの顔を覗き込むと、

「男の子よね。何ていったっけ」

「勇一《ゆういち》です。——『勇ましい』方の『勇』で。先生の『雄』をいただこうかと思ったんですけど、誤解されても困るでしょ」

「勇ちゃんか！　でも、本当に良かったわ。こうして、元気なあなたを見られて」

——澄江は今三十四歳。

思いがけず身ごもって、多分に危険はあったが、産む決意をした。

出産はかなり大変で、澄江は入院したまま、体調の戻るのを待っていたのである。

「いつまでも遊んでるわけにいきません」

と、澄江は言った。「来週から仕事に戻るつもりです」

「じゃあ――高須先生のオフィスに？」

「ええ。仕事はきちんとやらなくちゃ」

爽香は少し間を置いて、

「高須先生はご存知ないんでしょ。勇ちゃんの父親が誰なのか」

「ええ。話すつもりもありませんし」

澄江はすっかりふっ切れているようだった。

勇一の父親は、高須雄太郎の息子、仲宏《のぶひろ》である。

「仲宏さん、アメリカに留学するようですよ」

と、澄江は言った。「留学ったって、あの人のことだから、遊びに行くようなもんでしょうけど」

「そう……」

「はいはい、ゲップしましょうね」

澄江は哺乳びんをバッグにしまうので、赤ちゃんを一日爽香に預けた。

「小さいなあ。――でも、すぐに大きくなってくのよね」

と、爽香はちょっと腕の中の赤ちゃんを揺《ゆす》って、「男の子は重いわね。珠実はこんなにならなかったと思う」

「すみません。お仕事中に」

と、澄江は赤ちゃんを受け取った。「仕事に戻っても、しばらくは大変です。慣れてないバイトの子が二人でやってたんですけど、先生、かなり困ってました」

「勇ちゃんを預ける所は？」

「ええ、オフィスの近くに。少し高いんですけど、先生の奥様が費用は出すから、とおっしゃって下さって」

「良かったわね」

「そうだ。――杉原さん、いつかメールで、姪《めい》ごさんの仕事を探してると言ってましたね。見付かりました？」

「いいえ。色々当ってはいるんだけど……」

爽香は、綾香が風俗の店で働こうとしているのを、何とか思いとどまらせたことを話して、

「でも、かかるお金は変らないから」

「あの――もし良かったら、高須先生のスタッフになりませんか？　私一人じゃ、当分は無理ですし。今、先生は本を出すのも口述したテープなので、原稿に起したりする仕事もあって、今のバイトの子たちじゃ無理なんです」

「でも……いいの？」

「ええ。先生と昨日電話で話したとき、訊いてみました。バイトの子はいつ休むか分らない

んで、フルタイムで来てくれるなら助かるって」

「ありがとう！」

爽香は胸が熱くなった。「そんなことも考えなかったわけでもないんだけど……。公私混同しちゃいけない、と思って」

「じゃあ、明日でも、もし良かったら、オフィスの方に。私、午後には出ています」

「澄江さん……。ありがとう。何て言っていいか……」

爽香はつい涙ぐんでいた。

「そんなこと言わないで下さい。杉原さんには、本当に辛いときに支えていただいたんですから」

「でも、本当に……。すぐ姪に連絡して、明日必ず行かせるわ」

爽香は澄江の手をしっかりと握った。

ドアが開いて、

「すみません、チーフ」

と、久保坂あやめが顔を出し、「明日の会議のことで――。あ、赤ちゃんだ」

「すぐ行くわ」

と、爽香は立ち上ったが、あやめの方が入って来て、赤ちゃんの顔を覗き込んでいる。

爽香が席に戻るのに、また十分くらいもかかったのだった……。

「村松《むらまつ》です」

と、その男は素気《そつけ》なく言った。「かけて下さい」

戸畑は、驚きから我に返った。

ホテルKの再建を任されているというから、少なくとも五十代の事情通かと思っていた。しかし、目の前にいるのは、まだせいぜい三十代半ばとしか見えない、息子と言ってもいいような若い男だったのである。

「戸畑……往夫さんですね」

と、手元の書類を見たまま、「レストラン部門の責任者。——このホテルは、レストランでも赤字が続いている。何の手も打たなかったんですか」

戸畑は、その口調から、それが質問でないことが分った。答えを要求しているのではない。戸畑の仕事のマイナス点を並べて、「だから辞めさせられて当然」と言いたいのだ。

「——どうなんです？」

しかし、村松は顔を上げた。

訊きたいのか。それなら言ってやる。

「失礼ですが、お手元にどんな資料をご覧でしょうか」

と、戸畑は言った。「このホテルKには、フレンチ、和食、中華など五つのレストランが直営として入っています。創業以来、本格的な改装をしないまま、三十年以上が過ぎて、厨房《ちゅうぼう》の設備をはじめ、方々が古くなり過ぎていました。万一、食中毒でも出せば、ホテル自体のイメージに大きな傷がつきます。それで支配人と相談し、一年に一つずつ、大規模な改装をすることにしたのです。各レストランを半年ずつ閉め、厨房の設備や食器類もすべて新しくすることにしました。三年前からスタートし、来年で五つのレストラン、全部の改装を終える予定でした。ですから、この三年は、改装費用のせいで、全体として赤字になっているのは当然です。しかし、その工事分を差し引いていただければ、どの店も黒字でやっているのがお分りいただけると思いますが」

一気に話して、息をつく。

村松はメガネの奥の目を再び資料に向けて、少しの間、黙っていたが、

「——分りました」

と、口を開いて、「あなたはホテルKの経営状態が危機的状況にあると分っていながら、レストランの改装に踏み切ったんですね？」

「私は経営者ではありません。支配人も了承して下さったので、改装を始めたのです」

「しかし、支配人の話では、渋る支配人へ、あなたが強引に計画実行を迫ったとか」

戸畑は一瞬言葉に詰ったが、

「——自分の意見を言ったまでです。実際、これ以上延ばせば、何か問題が起きていたで

しょう」

「しかし、まだ改装していないレストランでも、特に問題は起きていないですね」

「何か起きてからでは、手遅れになると思いましたので」

「しかし、何も起きていない」

と、村松はくり返した。「ホテルそのものが倒産しかねないのに、レストランを改装しろと言い張ったのですね」

支配人がどう話したか、戸畑には分らない。しかし支配人も、「責任は全部自分にある」とは言いにくかっただろう。

「——結構です」

と、村松は言った。

戸畑は少ししてから言った。

「それで、どうなるのでしょうか」

「あなたには今月末で辞めてもらいます。退職金は出ますが、金額については検討中です」

「——分りました」

「ご苦労様でした」

と、村松は機械で合成したような言い方で、言った。

「シェフはどうなるのですか」

と、戸畑は訊いた。

「あなたが心配する必要はありません」

と、冷ややかな返事。

戸畑は立ち上って、一礼すると、支配人室を出た。

難しい顔でロビーへ出る。

ケータイが鳴った。

「——はい、戸畑です」

「あ、戸畑さん？　前田《まえだ》の家内ですけど」

どこの前田さんですか、と訊くようではホテルマンはつとまらない。

「いつもお世話になっております」

「あのね、今夜、フレンチは取れるかしら」

「前田様のご用でしたら、何とかいたします。何名様でいらっしゃいますか」

「一家でね、孫も入れて八人なの」

「かしこまりました」

「主人の誕生日のお祝いなの」

「それはおめでとうございます」

頭の中で、バースデーケーキを用意しなければ、と考えている。いくらぐらいのにするか？　むろん、料金は取らないが。

「お料理は任せるわ。子供も三人いるから、よろしくね」

「かしこまりました。お時間は――」

「あら、言わなかったわね。子供がいるから、六時半からにしてほしいの」

「承知いたしました。お待ち申しあげております」

ケータイを手に頭を下げる。

すぐにフレンチのレストラン受付へ電話を入れ、予約を入れる。

「――個室は空いてる？　じゃ、そこにしてくれ。子供がいるから、その方がいい」

と、戸畑は言った。「メニューを考えといてくれ。三十分したら行く。ああ、前田様は高血圧だから、塩分の強いものは避けて。奥様は生ものが苦手だ。あと、バースデーケーキを」

「分りました」

と、受付の女性は言った。「あの……」

「何だ」

「戸畑さん、辞めるんですか？」

「そんなことは、今夜の予約と関係ないよ」

と言ったものの、「――今月一杯でクビさ」

「そんな……。ひどいですよ！」

「ありがとう。ともかく今の話をシェフへ伝えてくれ」

「分りました」

戸畑は通話を切ると、ロビーを見回した。

——ここを去るのだ。

初めて、戸畑の胸が痛んだ……。

5　屈　辱

「いつもありがとうございます」

中華レストランの個室で、戸畑はなじみの客に挨拶していた。

「ああ、君か」

都議をつとめたことのある、でっぷりと太ったその客は肯いて見せて、「ここは落ち着くね。女房も気に入ってる」

「そうおっしゃっていただけますと……。料理長はご挨拶《あいさつ》に伺いましたか？　まだですか。すぐに来させます」

「いやいや、忙しいんだろ。無理しないでくれ」

そう言っても、もし本当に来なかったら、機嫌をそこねるのだ。

「でも、今日のお料理、ちょっといつもより辛くない？」

と、夫人が言った。

ろくに味など分らないのだろうが、来る度《たび》に何かひと言、言わないと気が済まないのである。

「申し訳ございませんでした。よく言っておきますので」

と、戸畑は言った。「お嬢様はお変りございませんか」

「最近はちっとも寄りつかんよ。どうやら、来年には産まれるらしい」

「それはおめでとうございます！　お祝いの席はまたぜひこちらで」

「ああ、そのときはよろしく頼むよ」

では、と一礼して個室を出ると、戸畑はすぐに料理長へ挨拶に出るように伝えてから、ロビーに出た。

それぞれのレストランに、誰と誰が来ているか、つかんでおかなくてはならない。

戸畑は腕時計を見た。

フレンチの店に、前田という常連客が来ている。そろそろバースデーケーキが出ているころだ。行ってみよう。

――店に入ると、レジの責任者の女性が困惑した様子で立っている。

「あ、戸畑さん！　今連絡しようと――」

「どうかしたのか？」

「前田様がお怒りで」

「何だって？　どうしたっていうんだ？」

「それが——ご指示通りバースデーケーキをお出しして、とても喜んで下さったんですが」

「それで？」

「あの……お支払いのときになって、ケーキ代が伝票についていたので」

「ケーキは代金を取るなと言ったじゃないか！」

「ええ。ですが——」

戸畑は、前田がやって来るのを見た。

「前田様！　失礼いたしました！　手違いがありましたようで」

と、何度も頭を下げたが、

「君の所は、頼みもしないものを勝手に出して、金を取るのか」

と、前田は仏頂面《ぶっちょうづら》で言った。

「とんでもない！　何かの手違いで——」

「もういい。たかだか何千円かのことで、ケチだと言われたくないからな。ちゃんと払ったぞ」

夫人が戸畑をにらんで、

「あなたにはがっかりしたわ」

と、冷ややかに言った。「二度とここは使いません」

「奥様……」

一家は足早に出て行った。

戸畑は呆然《ぼうぜん》として見送っていたが、

「――君は……岡野《おかの》君だったか」

と、レジの女性へ、「どういうことなんだ?」

「あの――」

岡野道子《みちこ》は、答えかけて言葉を切った。その視線が自分の後ろを見ているのに気付いて、
戸畑は振り返った。

ホテルKの「再建人」、村松が立っていた。

戸畑の顔色が変った。

「――あなたが?」

と訊く声は震えていた。

「食べたものの代金を払ってもらうのは当然だ」

と、村松は言った。「むだなサービスなどしている余裕はない」

戸畑は拳《こぶし》を握りしめた。

「何をしたか、分ってるんですか? 永年、ここをごひいきにして下さったお客を失《な》くしたんですよ!」

「大声を出さなくても聞こえる」

と、村松は言った。「いいかね。これまでのように、限られたお得意だけに頼っていては、やっていけないんだ。君がいい顔をするために、何千円もするケーキをタダで出すようなことは許さない」

村松は、そのまま出て行こうとした。

突然のことで、抑えられなかった。戸畑は村松の胸ぐらをつかんで、

「貴様のような若僧に何が分る！　月に何度も足を運んでくれるお客を一人獲得するのに、どれだけの苦労がいると思ってるんだ！　それを貴様は泥靴《どろぐつ》で踏みにじりやがって！」

と、怒鳴《どな》った。

「戸畑さん！」

岡野道子が戸畑の腕をつかんだ。

戸畑は大きく息をついて村松を離した。

村松もさすがに青ざめていたが、何とか平然として見せると、

「気に入らなければ、いつでも辞めたまえ」

と言った。「君のような古くさいホテルマンは、今の時代に必要ない」

「待って下さい」

と、岡野道子が言った。「確かに、今失ったのは前田様だけかもしれません。でも、ああいう方は、大勢有力なお知り合いをお持ちです。奥様も、きっと仲のいい奥様方に今夜のこ

とをお話しされます。それで何人ものお客様を失うことになるんです」

「岡野君、よせ。むだだ」

と、戸畑が言った。

「君も一緒に辞めるか」

と、村松は言った。「岡野道子だね。君の名もリストラの中に入れておくよ」

そう言って、エレベーターホールへと大股《おおまた》に歩いていった。

「——戸畑さん」

「君まで巻き込んでしまったね」

「いえ……。あれじゃ、うちのレストランをファミレス並みにしろと言ってるのと同じですね」

戸畑は、今になって激しい怒りがこみ上げて来るのを感じた。

ここのレストランは、どこも戸畑が育て、客を呼び、景気、不景気に関係なく利用してくれる常連客を一人、また一人と手に入れて来たのだ。それをあの村松という奴は……。

「戸畑さん」

岡野道子が呼んでいるのに、やっと気付いた。

「ああ……。すまん。考えごとをしていて」

と、ゆっくり息を吐き出す。

「分りますでも、すぐに辞めないで下さいね。戸畑さんの代りは、誰もいません」

岡野道子の言葉に、戸畑は胸が熱くなった。——岡野道子は三十代の半ばで、このホテルへ来て、まだ二年ほどだ。

どこかエリートくささが感じられて、戸畑は好きでなかった。しかし、それは勝手な思い込みだったようだ。

「ありがとう。ともかく君が僕と一緒にクビになることはない。あの村松にはそう話しておくよ」

「気をつかって下さって、すみません」

「いや、ホテルマンはいつも冷静でないとね。カッとなるようじゃ失格だ」

「それより、お客様です」

「え？」

戸畑は、少し離れて立っている二人の女性に気付いた。

「ああ……。栗崎様の……」

「はい。マネージャーの山本です」

「いや、気が付かず、失礼しました」

「いいえ。——栗崎様のお祝いの会のことでご相談したくて」

と、山本しのぶは言った。「こちらは、栗崎様と長いお付合の杉原さんです」

「戸畑でございます。——では、中でコーヒーでも」

戸畑は完璧なホテルマンに戻っていた。


「こちらも大変なようですね」

個室でコーヒーを飲みながら、杉原爽香は言った。

「ご覧になってたんですか？　いや、お恥ずかしい」

と、戸畑は言った。

「私はあなたや、あのレジの岡野さんがおっしゃったことの方が正しいと思います。でも、力を持ってる人間に逆らうのは大変ですよね」

「いくら怒っても空《むな》しい。——そうは思うんですがね。ああいう男には、どう言ったところで話は通じません」

と、戸畑は言って、「ああ、このコーヒーはお代をいただきませんから」

と付け加えた。

三人は笑った。

「——でも、そうなると栗崎様のお祝いの会についても、どうなります？」

と、山本しのぶが訊いた。

「いや、それはせっかくですから、ぜひうちでやらせて下さい。ただ——私がそのときまでいられるかどうか……」

と、戸畑はちょっと口ごもったが、「いや、私がいなくても、決して失礼なことのないように手配して行きます」

と、しっかり付け加えた。

「それで、必要なものを書き出して来ました」

と、しのぶはメモを広げた。「杉原さんと相談の上で作ったリストです」

「拝見します」

戸畑はザッと目を通し、「いや、よくできていますね。――ご高齢のご友人も多いでしょうから、ステージを低くして、車椅子用のスロープをつけることなど、よく気付かれました」

「お年寄と色々ご縁がありまして」

と、爽香は言った。

「司会の方は決めておられますか」

「それはこれから」

と、しのぶが言った。「心当りは二、三ありますが、ご予定を伺ってみないと」

「なるほど。立食形式ですが、これでよろしいですか？」

「休めるように、椅子を多めに用意していただいて」

「隅に、いくつかテーブルと椅子を置きましょう。椅子だけでは、取った料理を召し上るのが大変です……」

戸畑の口からはスラスラと言葉が出て来る。

爽香は、細かいやりとりを、しのぶと戸畑に任せて、コーヒーを飲んでいた。

戸畑の、長い経験に裏打ちされたアドバイスは、なるほどと思うものだった。

それにしても、こんなベテランを失うのは、ホテルにとって大きな損失だと思うが、赤字を抱えて、倒産も目前という企業にとっては、「長い目で見て」損か得かなど、考えていられないのかもしれない……。

「ご案内状はいつごろ出されます？」

「そうですね。お誕生日まであまりなくて……」

「日程的に言いますと、もう郵送してもいいころです」

「じゃ、至急、リストアップしますわ」

しのぶは手早くメモを取った。

「でも──山本さん」

と、爽香は言った。「その前にしなきゃいけないことが」

「あ、そうだわ」

と、しのぶは思わず口に手を当てて、「忘れてました」

「何か問題が？」

と、戸畑が訊いた。

「いいえ。ただ、栗崎様の了解を取っていないという、ちょっとしたことなんですの」

爽香の言葉に、戸畑はちょっと呆気《あっけ》に取られていたが、やがて笑い出した。

個室の中に三人の笑い声が響いた。


「良かった……」

と、岡野道子は呟いた。

個室の外で、道子は中の様子を気にして立っていた。

明るい笑い声が聞こえて来たとき、ホッと胸をなで下ろしたのである。

あの村松のやり方は、ホテルを愛する人間から見れば、許せない行為だ。戸畑の怒りは当然である。

しかし、道子の心配は、単に戸畑や自分がクビになるということだけではなかった。

戸畑が、このまま黙ってはいないだろうということ。——下手《へた》をすれば、村松を殴りかねない。

そうなれば、村松は傷害罪などで戸畑を訴えるだろう。

今は何とかこらえて、戸畑がどこか他のホテルに仕事の口を見付けることを、道子は祈っていた。

ちょうどいいところへ、あの二人のお客がやって来てくれた……。

「——岡野さん、電話です」

と呼ばれて、道子はレジへと戻った。

「もしもし。お待たせしました、岡野でございます」

少し間があって、

「村松だけどね」

「はい……。何か」

「いや、さっきはちょっとカッとなって言い過ぎたよ」

と、村松は言った。「君をリストラすると言ったのは取り消す。安心してくれ」

道子は苦笑した。喜んで礼を言うと思っているのだろうか。

「わざわざどうも」

と、道子は冷ややかに言った。「ご用はそれだけでしょうか」

「怒ったのかい？　——どうだろう。今夜帰りにどこかで一杯やって、お互いのイメージを改善するってのは」

「忙しいので失礼します」

道子は受話器を置くと、「いやな奴！」

と、呟くように言った。

「ありがとうございました。——こちらで承ります」

道子は、帰る客へ微笑みかけると、レジの中へ入った。

6　同　居

「いかがでしょう」

と、爽香は言った。「みんな、栗崎様のお元気な姿を見たがってるんです。ぜひ、山本さんに任せて、『八十歳を祝う会』を開かせていただけませんか」

大女優はしばらく答えなかった。

――昼下りの〈Ｐハウス〉のティールーム。

爽香は、気長に栗崎英子の返事を待っていた。

「本当に？」

と、しばらくして英子が言った。

「は？」

「本当に祝ってくれたがってるの？　義理で仕方なくじゃない？」

「そんな……。今、栗崎様にお世話になっているＴＶ局や映画会社はいくつもあります。それに、昔からのお仲間の方々も」

「たいていは死んでるわよ」

と、英子は言った。

「ですが……」

「待って」

と、英子はしばらく考え込んでいたが、「――爽香さん」

「はい」

「今、私が何を考えてるか分る?」

「さあ……」

「そのパーティにどの着物を着て行こうかしらって悩んでたの」

英子はいたずらっぽく笑った。

爽香はホッとして、

「いたずらっ子ですね、相変らず!」

と、一緒に笑った。「じゃ、早速山本さんに」

ケータイで山本しのぶにかけると、「――山本さん、OKよ。――ええ、すぐに取りかかって」

用件だけで切ると、

「今夜、山本さんがこちらへ」

「今日は仕事入ってないわよ」

「パーティの招待客リストをすぐ作らないと、間に合わないんです」

「はいはい」

英子は紅茶を飲んだ。

「ありがとうございます」

「私もね、少しは年齢《とし》とって、丸くなったのよ」

と、英子は澄まして言った。「——あら」

ティールームに、八十近いかと思える夫婦が入って来た。

そして、英子たちのテーブルへやって来ると、夫の方が、

「栗崎さん。どうも色々と……」

「まあ、今日お出になるの？」

「ええ。これから新居《いえ》へ」

と、微笑んで、「物はほとんど処分してしまいましたから、至って身軽で」

「そう……。残念ね」

と、英子は立ち上って、「じゃ、お体に気を付けて」

夫人の方は、涙ぐんでハンカチを目に当てている。

爽香は立ち上って、

「村松様でいらっしゃいますね」

と言った。「ここでお世話になりました杉原です」

「ああ。入居のとき、色々とよくしていただいた方ですな」

「とんでもない。――お出になられるんですか」

「息子や親戚《しんせき》の方に、色々ありましてね」

と、夫人が言った。

「とてもここにはいられなくなり……。本当はここで最後までと思っとりましたが」

「あの――移られる先は……」

「ここでご紹介もいただいたが、そこも少々お高くてね」

「そうですか……」

「結局、小さなアパートを借りて二人で住むことにしましたの」

と、夫人が言った。「どの施設も、まとまったお金が必要で」

「また遊びに来てね」

と、英子が夫人の手を握った。

「ありがとうございます……」

「お見送りはしません。――お達者で」

二人は何度も頭を下げて、出て行った。

英子はため息をつくと、

「最近、もう三組目よ」

と言った。

「そんなに？　存じませんでした」

「不況のせいでしょうけど、たいていはご自分が困ってというより、息子や娘が、金を都合してくれって頼みに来るのよ」

「それで、ここの管理費が払えなくなるんですね」

「ねえ。親の金をあてにするなんて。息子っていったって、いい年齢なのに！」

「そうですね」

「今のご夫婦なんて、息子は結構な暮しをしてるのよ。それなのに、兄弟が破産しそうだというのを放っといて……。あのご夫婦が貯金を出してしまったの」

「そうでしたか……」

「あの息子、一度見たことがあるけど、計算機みたいな、冷たいタイプだったわ。その気になれば、両親がここにいられるようにお金出せたでしょうに。あのご夫婦も初めから、『定《さだむ》』はあてにしていないんです』とおっしゃってた……」

「『定』？　そういうお名前ですか」

「ええ。——どうして？」

「いえ……。ちょっと似た名前の人を、最近……」

村松定。——あのホテルKで見かけた男、そんな名前だったような。

帰りに、下の事務へ寄って、あの夫婦のような状況になりそうな入居者がどれくらいいるか、当ってみよう、と爽香は思った。


目覚ましが鳴った。

ベッドから手を伸して止めると、

「起きなきゃ……」

と、岡野道子は呟いて、欠伸をした。

「もう時間か」

と、声がした。

「あなたはまだ寝てて大丈夫よ」

と、道子は言った。

「そう眠れんよ」

戸畑は起き上って、「何か食べるか？　目玉焼でも」

「ホテルの近くで食べるわ」

道子はベッドから出た。

急いでバスルームへ行き、シャワーを浴びる。

——戸畑の部屋で暮すようになって、一週間。

やっと、目が覚めて、

「ここ、どこ？」

と、戸惑うこともなくなった。

あの日、村松からの電話で苛立《いらだ》っていた道子は、戸畑と一緒に帰ることにした。そして二人で食事をして酒も飲み……。

ごく当り前のように、ここへ来て、戸畑の腕に抱かれていた。

戸畑の方が気にして、

「俺はもう若くないよ」

と、くり返したが、道子は気にしなかった。

確かに、五十八歳と三十四歳といえば、父と娘に近いだろう。

でも、どっちも「大人」だ。

それに戸畑は独身で、別に不倫しているわけでもない。

——手早く仕度をして、

「行くわ」

と、ベッドの方を覗くと、戸畑はまた寝入っていた。

道子はちょっと笑って、起こさないようにそっとドアを開け、出て行った。

——ホテルKの近くに着いたのは出勤時間の三十分前。

喫茶店に入り、コーヒーとトーストを頼む。

「今日は……予約が四組だったわね」

と、手帳を眺めていると、

「やあ」

と、声がした。

顔がこわばる。——村松だとすぐに分ったからだ。

「おはようございます」

もう午後だが、出勤時間には「おはよう」である。

村松は向いの席に座ると、

「コーヒー」

と、奥へ注文しておいて、「——事実なんだね」

「何ですか？」

「君が、戸畑の家から通ってるということがさ」

「早耳ですね」

と、道子は微笑んだ。「プライベートなことです」

「そりゃそうだが、心配だよ。戸畑はもう五十八だぜ」

「ご心配いただいて」

と、皮肉っぽく、「こうなったのも、村松さんのおかげです。お礼申しあげないと」

村松はニヤリとして、

「しかし、戸畑が失業しても彼の所にいるのか。養うつもりかい？」

「どこか仕事の口を見付けますわ」

「ねえ、君」

と、村松は少し身をのり出して、「あんな年寄とじゃなくて、僕と付合った方が得だぜ。僕は三十五だ。同じ世代だろ」

「やめて下さい。冗談は通じません」

トーストが来て、道子は食べ始めた。

村松はコーヒーを一口飲むと、

「考え直してもいい」

と言った。「戸畑が残れるようにしてやろう」

道子は呆《あき》れて、

「女をいつも、そんなやり方で口説いてるんですか？」

「君だけだよ」

村松は、ケータイが鳴り出して、ちょっと顔をしかめた。「——もしもし。——何だ、母さんか」

村松が渋い顔で、

「今、仕事中なんだ。——ああ、分ってるよ」

早々と切ると、「じゃ、先に戻ってるよ」

と、立ち上り、

「考えといてくれよ」

村松が出て行くと、

「誰が！」

と、道子は腹立たしげにトーストにかみついた。

すると——ブレザーを着た、高校生らしい女の子が、道子の向いに座ったのである。

「何か？」

「私、守田愛衣といいます」

「守田さん？」

「戸畑の娘です」

道子の手が止った。

「そう……。守田って——」

「母の姓です」

「私のことを……どうして？」

「三日前に、学校の帰り、父の所へ寄ったんです」

「三日前？」

「ドアが開いて、あなたが出て来ました」

「それは……」

「私、今日も表で待ってたんです」

「愛衣さん……だったわね」

「父をどうするつもりですか？」

少女の目は厳しく、道子を見つめていた。

7　父と娘

「愛衣さんね。高校一年生だったかしら」

岡野道子は、驚きから立ち直って、「今日、学校は？」

「質問してるの、私の方です」

と、守田愛衣は突っぱねるように言った。

「そうね。ごめんなさい」

と、道子は微笑んだ。「でも、ここはお店だから、何か注文しないと」

愛衣はちょっと口を尖《とが》らして、

「それじゃ——ミルクティー」

オーダーすると、愛衣は水を一口飲んで、

「父と結婚するんですか？」

と訊いた。

「そんなこと、考えてないわ」

と、道子は首を振って、「年齢も違うし、あなたは知ってるかどうか分らないけど、今ホテルKは大変なことになってるの。明日はどうなるか、誰も分らない」

愛衣は、ホテルの状況についてはまるで知らないらしく、

「ホテルが――潰《つぶ》れるんですか」

「まあ、それに近い状態ね。戸畑さんみたいに、あのホテルに人生を捧げて来た人まで辞めさせられる」

「じゃ、父は失業？」

「どこか、きっと仕事を見付けるわ」

と、道子は言った。「でも、あれだけホテルの世界に通じた人が辞めさせられるなんて、ひどい話よね」

「でも――もうすぐお父さん、定年ですよ」

「今ここにいた男の人、見た？　村松っていって、外部からホテルKの立て直しに入って来てるの。あの人が、ベテランの従業員をどんどんクビにしてる」

愛衣は、フレンチレストランでの出来事を道子から聞くと、

「そんなことがあったんですか」

と、大分道子を見る視線も穏やかになって、「岡野さんも辞めるんですか？」

「どうなるかしら……。この一週間でも、ホテルの中の雰囲気はとても悪くなってる。あん

な所で働いていたくないと思うけど、でも生活して行かなきゃならないしね」

道子はコーヒーを飲み干して、「ごめんなさい。仕事があるの。もう行かないと」

「あの――ぶしつけなこと言って、すみません」

「いいえ。お父さんのこと、好きなのね」

「ええ」

と、愛衣はちょっと目を伏せて、「私――何とか、お父さんとお母さんが元のように一緒になってくれないかと思ってるんです」

「まあ……」

それで、道子の存在に腹を立てていたのか。「心配しないで。戸畑さんとは、一時だけの仲よ」

「本当ですか？」

「職場が別々になれば、自然に離れていくことになるわ。もし――戸畑さんがあなたたちの所へ戻ったら……。幸せになれそうね」

「私にも分ってるんです。私がどう思っても、お父さんとお母さんの間までは変えられないって」

「そうね……」

「でも、お母さん、最近はよくお父さんのことを話します。以前は絶対口にしなかったし、私が話すと怒ったもんですけど」

と、愛衣は言ってからハッとして、「すみません！　お仕事あるんですね」

「それじゃ」

道子は伝票を手に取って、「こんな娘さんがいて、幸せね、戸畑さん」

と言うと、名刺を出し、

「これ――私のケータイ番号」

と、名刺に書き添えて渡した。

道子は支払いをして、急いで店を出た。

ホテルＫまではすぐだ。――足早に急ぎながら、道子は、愛衣の眼差《まなざ》しを思い出していた。

「どうせ長くは続かなかったのよね」

自分へ言い聞かせるように言って、道子はホテルの従業員口へと入って行く……。

タクシーを降りると、村松定はちょっと顔をしかめた。

「こんな所に……」

と呟きながら、聞いていた目印の郵便局の脇を入って行った。

「まあ、定」

バッタリと、母親と出くわした。

「――何だ」

と、村松は言った。「買物？」

「いえ、そうじゃないの」

と、村松里江《りえ》は言った。「ちょっとお客がみえるんでお迎えに……」

「客って？」

里江が息子の肩越しに、

「杉原さん、どうも」

村松は振り返った。

――やっぱり、と爽香は思った。

あのホテルKで見かけた男だ。

「あの……息子の定ですの」

と、里江が言った。「こちらは――」

「〈G興産〉の杉原と申します」

と、爽香は会釈して、「村松様には〈Pハウス〉でお世話になりました」

「〈Pハウス〉で？　ふん、不動産屋か」

村松は爽香をジロッとにらんで、「親父とお袋に、またマンションでも売りつけようっていうんじゃないだろうな」

「定！　そんな失礼な言い方——」

「油断しちゃだめだよ。世の中、食うか食われるかだ。うまい話にゃ裏があるんだぜ」

「杉原さんはお客様よ」

「私、また改めて伺いましょう」

と、爽香は言った。

「でも……。この子が何も言わずに来るから」

「俺は忙しいんだ。無理に時間作って出て来たんだぜ」

と、村松は言って、爽香の方へ、「十五分もしたら帰ってるよ」

「では近くでお待ちしています」

爽香は微笑んで、二人から離れた……。

——里江は、息子をアパートへ連れて行った。

「ふーん。結構きれいじゃないか」

村松定は上り込むと、「親父は？」

「美術展を見て来るって、出かけたわ」

「へえ。優雅にやってんじゃないか」

村松は畳にあぐらをかくと、「ここで家賃いくらだって？」

「十万円よ」

「高いな！　値切りゃ良かったのに」

と、村松は言って、中を見回した。

里江はただ黙って苦笑した。

「――それで、どうして来たの？」

と、里江が訊くと、

「どうして、って……。そりゃ、どんな所に住んでるのかな、と思って見に来たのさ」

「私たちがどれくらい落ちぶれたか？」

村松は肩をすくめて、

「俺のせいじゃないぜ。恨まれても困るよ」

「誰もお前に文句なんか言ってないだろ」

村松はちょっと母親を皮肉な目で眺めて、

「母さん、昔のころに戻ったようだね」

「どういう意味？」

「小さな一軒家に住んでたころさ。――貧乏して、大変だったじゃないか」

「そうね……。でも、みんな仲が良かったわよ」

「そうだったかな」

「そうじゃなかったの？」

「父さんも母さんも、兄さんには甘かったろ。『長男だからな』って。小さい俺には、『ちょうなん』って何のことだか分らなかった。兄貴に、そんな名前が付いてるのがふしぎだったよ」

「今はそんなこと関係ないでしょ。――勇輝《ゆうき》たちはどうしてるのか、連絡もないよ」

「自己破産したんだ。借金は返さなくて良くなったはずだぜ」

「でも、住む家も手放したし、子供たちも学校をやめたよ」

「私立の名門校に行くばかりが幸せじゃないさ」

と、村松は言った。「ところで、お茶も出さないの?」

「いいお茶はないよ」

と、里江は立ち上った。

村松のポケットでケータイが鳴った。

「――もしもし。――そうか。分った。二十分ぐらいで戻る」

と、通話を切って、「もう戻らなきゃ」

「お茶も飲まないで?」

「忙しいんだ。ホテルKの再建を任されててね」

と、立ち上る。「憎まれ役さ、俺はどこへ行っても」

「定……」

何か言いかけて、里江はやめた。

「じゃ、帰るよ」

と、村松は靴をはいて、玄関のドアを開けたが――。

今まさにチャイムを鳴らそうとしていたのは――。

「兄貴。――来ることになってたのか」

「父さんと母さんの様子が心配でな」

と、定の兄、勇輝は言った。「お前はどうして?」

「俺だって心配さ。――何か仕事は見付かったのか?」

「今捜してるよ」

里江が出て来て、

「勇輝。上りなさい」

と、二人の間に割って入るように言った。

「うん……」

勇輝の、弟を見る目は穏やかでなかった。

「ね、ともかく上って」

と、里江がせかせる。

「俺は帰るよ」

と、村松定は言った。「兄貴、母さんにこづかいをねだるなよ」

「定、やめなさい」

「はいはい。相変らず、長男には甘いね」

と言うと、ちょっと笑って出て行った。

勇輝は一旦玄関から上ったが、すぐに向き直って、玄関から出て、

「定！　何か俺に言うことはないのか！」

と、弟へ声をかけた。

「俺が？　別にないよ。俺は会社を潰してもいないし、親の金を巻き上げもしてないからな」

「貴様――」

勇輝が弟へ駆け寄って、胸ぐらをつかんだ。

「二人とも、おやめ！」

と、里江が出て来て言った。

「俺や香子《きょうこ》や子供たちがどんな思いでいるか……。貴様のことを兄弟だなんて思わないぞ！」

勇輝は今にも殴りかかりそうだったが、

「――早過ぎましたね」

爽香が立って、その様子を見ていた。

「杉原さん。いいんですよ。入って下さい」

「はい」

爽香は、村松兄弟のそばを一礼して通った。

「——じゃ、帰るよ」

と、定が言ってアパートから出て行く。

「ごめんなさいね」

と、里江は言って、爽香を招き入れると、「わざわざ来て下さってありがとう」

「いいえ、〈Pハウス〉でお世話になったお客様ですもの」

と、爽香は微笑んだ。

「さあ、座って。——紅茶でもいれましょうね」

「あ、お構いなく」

「それぐらいさせてよ。貧乏暮しでも、紅茶の葉っぱくらいはあるわ」

「はい。ではいただきます」

爽香の後から、勇輝が入って来た。

「——失礼しました」

と、爽香に向って、「ついカッとなって」

「お気持はお察しします」

と、爽香は言った。「おおよその事情はお母様から伺いました」

「そうですか。――いや、生活が崩れるときってのは早いものですな。ついこの間まで、家族でハワイやグアムへ旅行もしてた。冬にはスキー場で年越しをしたり、ワインセラーに、高級ワインをしまい込んだりしていたんですから」

「会社が倒産とか」

「経営者として、それは私の責任です。不況といっても、私の会社はあまり影響を受けていなかったので、油断していました」

と、勇輝は首を振って、「正直、今でもいったい何が起ったのか、よく分らないくらいです。――ともかく、突然取引銀行から、借金を全額、即刻返せと言って来た。さもないと抵当の家と土地を差し押えると……」

「何があったんですか？」

「理由を調べる余裕はありません。ともかく金策に駆け回り、必死で銀行を説得しました。しかし……」

里江が紅茶を爽香へ出して、

「どうぞ。――結局、家も土地も人の手に渡り、この子たち一家四人、小さなアパートに移ったんです」

「最後に頼る相手は、両親だけでした」

と、勇輝が言った。「しかし――結果は共倒れです。両親に何と詫《わ》びればいいのか」

「もういいのよ。生きていれば何とかなるわ」

「母さん……」

勇輝は母親の方を向いて、「実は――また頼みがあって来たんだ」

「え？」

里江はちょっと目を見開いて、「お金はないよ」

「分ってる。――実は、このアパートに、一緒に住まわせてくれないかな」

「ここに？　あと四人も？」

里江は呆気に取られて、息子を眺めていた……。

8　遠い校庭

「行って来ます」

と、真弓《まゆみ》は声をかけた。

「はい」

母の香子が出て来て、「忘れ物ない？」

「うん、大丈夫」

「じゃあ……。気を付けてね」

と、香子は言った。「国道は車が沢山通るからね」

「平気だよ！」

と、真弓は笑った。「それじゃ。クラブ、決めなきゃいけないから、遅くなるかも」

「ああ、そうね。――ずいぶん荷物が多いのね」

真弓は大きなスポーツバッグをさげていた。

「今日、体育だから」

真弓は玄関のドアを開けて、外へ出た。

いや——以前の家なら、玄関を出て、門まで行ってから通りへ出ていた。

でも、今のアパートは、ドアの外は狭い廊下《ろうか》だ。真弓は、足早に階段を下りた。

アパートを出て歩き出すと、二階の窓を見上げた。——母の香子が、手を振っている。

真弓も手を振り返して、元気よく歩き出した。

少し行って、アパートが見えなくなると、真弓の足どりは急に遅くなる。

「ごめんね……」

と、真弓は呟《つぶや》いた。

村松真弓。十三歳の中学一年生。

父、勇輝の破産で、あの小さなアパートに引越《ひっこ》した。母、香子、弟の秀一《しゅういち》も、むろん一緒だ。

秀一は十歳で小学校の五年生。私立へ通っていたが、つい先週、この近くの区立小に移った。

真弓も、幼稚園、小学校と上って来た私立の女子校をやめなくてはならなかった。

いっそ、小学校卒業の時点でやめたのならまだ良かった。中学へそのまま上り、半年通ってからの退学……。

それはまだ十三年しか生きていないとはいえ、真弓にとって初めて味わう「挫折」だった……。

真弓は駅へ出ると、電車の切符を買った。そして出勤、通学の人の流れの中を抜けると、駅のトイレに入った。

数分後、真弓はトイレから出て来た。――バッグの中に詰めてあった、もうやめてしまった女子校の制服のブレザー姿だった。

母は、真弓が近くの区立中学へ行っていると信じているだろう。そして、いずれ学校から連絡があって、分ってしまうだろう。

それを承知で、真弓は電車に乗り、学校へ向った。

そうよ。私の学校はあそこだけだわ！

真弓は固く唇《くちびる》をかみしめた。

電車で三十分ほど。駅で降りると、ホッとする。

ずっと乗り降りしていた駅。何も考えなくても、足が自然と改札口へ向っている。

他の生徒に会う心配はあまりなかった。もう授業が始まっている時間なのだ。

行ってどうなるものでもない。学校の中へ入れるわけでもないし、授業にも出られない。

それは分っている。

でも、真弓はこのいつも通い慣れた道を歩きたかったのだ。私の学校は、この先にあるんだもの。

「——真弓」

と呼ばれて振り返る。

同じクラスの安原《やすはら》リリアがやって来ていた。

「やっぱり真弓だ。後ろ姿がそっくりだと思って」

「リリア。——遅刻？」

「今日、病院に寄って来たの。検査でね」

「そうか。手術したんだったね」

「真弓……。学校、やめたって聞いたけど」

「うん。でも——戻れることになったの」

「そう！　良かったね！」

と、リリアが笑顔になった。「じゃ、一緒に行こう」

「あ……。でも、色々手続あるんで、今日はまだ授業出られないんだ。リリア、先に行って」

「そう？　じゃ、行くよ。また遊べるね！」

「うん」

リリアが小走りに学校へ向うのを、真弓は見送った。

嘘をついてしまった。——でも、いいじゃないの。別に誰も困らない。

リリアは、「おかしいな」と思うかもしれないが、すぐに忘れてしまうだろう。

そう……。みんなすぐ私のことなんか忘れちゃうんだ。

学校まで来たが、中には入れない。

校門にはガードマンが立っている。真弓が行ったら、

「君はもうここの生徒じゃないだろ」

と、追い帰されてしまう。

真弓は、校庭を、格子の塀越しに眺めた。

狭い校庭だが、今、真弓からは遥《はる》かに遠いのだった。

体育の授業をやってる。——別のクラスだが、同じ中学一年生だ。

小学校で一緒だった子も大勢いて、もちろん、仲の良かった子もいる。

真弓の目から涙が溢《あふ》れ出て、頰《ほお》を伝い落ちた。

どうして？　どうして私はこの中へ入れないの？　みんなと一緒に、駆け回ったり、笑ったりできないの？

そう思うと、涙が次々に溢れた。

すると——誰かが、真弓のことに気付いたらしい。こっちを指さして何か他の子に言っている。

真弓は急いでその場を離れた。

そして、夢中で歩いて行った。駅への近道を、いつの間にか辿《たど》っていた。

誰も追いかけちゃ来ない。——そうよ。私はもうあの学校の生徒じゃないんだもの。

真弓は足を止めて、振り返った。

さっき校庭で気が付いた誰かが、それともクラスのみんなが追いかけて来て、

「真弓！　一緒に遊ぼうよ！」

「体育の授業、一緒に受けてよ！」

と、手を取って、学校へ連れ戻してくれる……。

むろん、そんなことは起こらないのである。

もう、みんなにとって、真弓は「以前の友だち」なんだから。

真弓は再び歩き出した。

駅前のアーケードへと入る脇道。

そう、いつもここから駅へ向った。曲るとすぐに甘いもののお店があって、小学生は禁止されていたが、中学になると、友だちと寄ってもいいことになっている。

中学一年生になって、真弓は早速あのリリアとか何人かでこの店に入って、お汁粉《しるこ》を食べたのだった……。

「あ！」

ハッと足を止めた。

向うからやって来るのは、小学校のときの担任の先生だった。もう一人の先生と話しながらやって来る。

まだ真弓に気付いていないが、この制服である。すぐ目に留るだろう。

真弓は元来た脇道へと駆け込んだ。

先生たち、気付いただろうか？

真弓は電柱のかげに隠れて、アーケードの通りを見ていた。——先生たちがおしゃべりしながら通り過ぎて行く。

見付からなかったんだ！　良かった！

真弓がホッとして息をつくと、突然ぐいと腕をつかまれた。

びっくりして振り向くと、

「学校、サボってんだな」

髪を金色に染めた、高校生らしい男の子だった。派手なシャツに、金の鎖を首にかけている。

「離してよ」

と、真弓は言った。

「中学生か？　グレるにゃ子供だな」

と、男の子は笑った。

一人ではなかった。後ろにもっと大人の、目つきの悪い男が二人いて、

「おい、付合えよ」

と、真弓に言った。「面白いとこへ連れてってやるからさ」

「やだ！　離して！」

必死で手を振り離そうとするが、相手は男だ。

「助けて、って大声出すか？　いいぜ。何なら、さっきの先生たちを呼んで来てやろうか？」

「え？」

「ちゃんと見てたぜ。見付からねえように隠れてたじゃねえか。どっちにする？　俺たちに付合って楽しく遊ぶか、あの先生たちを呼んで来るか」

真弓は答えられなかった。

「――おい。誰か、さっき通った先生たち、呼んで来な。まだその辺にいるぜ」

「やめて！」

と、真弓は叫んでいた。

「じゃ、俺たちに付合うんだな？　よし、こっちに来い」

抱きかかえられるようにして、強引に脇道を奥へと歩かされる。

ワゴン車が停っていた。スライドドアを開けて、

「さ、乗れよ」

と言われて、真弓は危険を感じた。

「ごめんなさい！　私、帰るの、うちに」

と、逃げ出そうとしたが、

「ふざけるな！」

二人の男に抱え上げられて、ワゴン車の中へ放り込まれた。男たちが続いて乗って来ると、

「車、出せ」

すぐにエンジンがかかる。

「お願い、帰して！」

と、真弓は言った。

「帰してやるよ。ちゃんと遊んでからな」

男たちが笑って、真弓の体をシートの上に押え付ける。

「いやだ！」

恐怖が真弓の体を縛り上げた。男たちの手がスカートをまくり上げ、太腿《ふともも》を割るのを、こわい夢でも見ているように感じた。

車が動き出す。真弓はハンカチで口をふさがれた。

お願い……。声にならない声で言って、涙が溢《あふ》れて来た。

車は脇道から広い通りへ出ようとした。

「ワッ！」

急ブレーキで停り、真弓も男たちもシートから転《ころが》り落ちた。

「何してるんだ！」

「目の前にトラックが——」

宅配のトラックが、ワゴン車の前を遮《さえぎ》っていた。

「畜生！　何だ、あの車？」

「どかして来いよ」

一人がワゴン車を降りると、トラックの方へと駆けて行き、

「何してやがるんだ！　早くどけ！」

と怒鳴った。

トラックの運転席の窓が下りて、

「その前に女の子を降ろせ」

とドライバーが言った。

「何だと？」

「車の中へ放り込むのを見たぞ。すぐ降ろせば見逃してやる。さもなきゃ一一〇番だ」

「てめえ、どういうつもりだ！」

「いやならいいぜ」

トラックはバックすると、ワゴン車の方へとカーブして、一気に前進した。

「危ねえ！」

降りていた一人があわてて飛びのく。トラックはワゴン車の鼻先で停った。

「早く女の子を降ろせ！　そうしないと、このトラックで、そっちの車を傷だらけにしてやるぞ！」

男たちも焦っていた。

「この車、傷つけたら大変だぞ」

「だけど――」

「仕方ねえ、そいつを降ろせ！」

ワゴン車から、真弓は放り出された。

「こっちへおいで」

トラックのドライバーが呼んだ。真弓が走って行くと、ドアを開け、中へ引張《ひっぱ》り上げる。

「大丈夫？」

「うん」

「よし」

トラックはバックすると、広い通りに出て、すぐ走り出した。

「――大丈夫、追って来ないよ」

と、ドライバーは言った。

真弓は真青になって震えていた。

「家はどこ？　送ってあげるよ」

真弓は、やさしい笑顔がこっちを見下ろしているのを見て、やっと安堵した。

「――ありがとう」

「気を付けるんだよ」

「うん」

真弓は、助手席で座り直すと、名札に目が行った。

〈杉原明男〉

と、そこには書いてあった。

9　再出発

「今日はここが安いのね……」

村松香子は、スーパーのチラシを手に、カートを引いて歩いていた。

アパートから五分ほどのスーパー。

以前なら、日曜日に車で都心の高級スーパーに買い出しに行ったものだが。今は少しでも安く買わなくてはならない……。

「あら、村松さんじゃない？」

という声に振り返る。

「あ——。どうも」

香子は、真弓の通っていた女子校の父母会で一緒だった女性と出会ったのだった。

「この辺においでなの？」

「え……。まあ、この近くに実家が……」

と、香子はつい出まかせを言っていた。

「そう！　真弓ちゃんが急にやめちゃったんで、びっくりしたのよ」

「ご心配かけて」

と、香子はできるだけ気軽な口調で、「家の事情で、突然……」

「そうなの。大変ね、どちらも」

その母親の目は、しっかり香子の服装を値ぶみしていた。

「つい実家なもので、普段着で」

と、笑ってみせる。

「私、この近くにお友だちがいるの」

「そうですか」

「じゃあ……。その内、お会いしましょ」

「はあ、ぜひ」

「真弓ちゃんによろしく」

「ありがとうございます」

——香子はホッと息をついた。

まさか……。こんな所で、あの女子校の母親と会うとは。

しかし、香子にとってショックだったのは、自分が嘘をついてしまったことだった。

体裁《ていさい》をとりつくろう。——そんなことをしても何にもならないのに、分っていても、つい口からはごまかすような言葉が出てしまったのだ。

香子は、カートを引いて歩き出した。

重苦しい気持になっていた。

すると、宅配のトラックが香子を追い越して行ったのだが、少し先で停って、ドアが開くと——何と、真弓がそのトラックから降りて来たのである。

「お母さん」

真弓が駆けて来た。

「真弓……」

わけが分らずにいると、

「ごめんなさい」

と、真弓は頭をペコンと下げて、「私、嘘ついてたの」

「え?」

「この制服で、前の学校の近くに行ってた」

そう言われて、初めて香子は娘の制服に気付いた。それだけではなく、

「真弓……。どうしてあんなトラックに?」

運転手が降りて来た。

「お母さん、お礼を言って」

と、真弓は言った。「この人が助けてくれたの」

香子はわけが分らず、呆然としているだけだった……。

「そうでしたか」

と、明男は事情を聞くと、肯いて、「真弓ちゃんの気持も分ります。叱らないであげて下さい」

「叱るなんて……。親の私の方が謝らなくては」

と、香子は深々と頭を下げた。

「どうお礼を申しあげていいのか……」

「いや、そんな必要はありませんよ」

と、明男は言った。「ただ、ああいうことがきっかけで、悪い仲間に入ってしまうことがある。用心してね」

「はい」

と、真弓は笑顔で肯いた。

コーヒーショップで、三人は話をしていた。

「実は私も……」

と、香子がついさっきの経験を話すと、

「何だ。じゃあいこだね」

と、真弓が言って笑った。

「本当ね。あいこだわ」

香子も笑った。──二人とも、いい笑いだった。

明男はコーヒーを飲んで、

「生きてると、色んなことがありますよ。でも、それはいつ誰の身にも起るんです。自分が、もし不運な立場にいても、そうでない人に対してひけめを感じることはありません。むしろ、『あなたの代りに、私が不運を引き受けてあげたのよ』とでも思えばいいんです」

「まあ……。そんなこと、考えたこともありませんでした」

「それはね」

明男は真弓の方に向って、「子供には自分の力じゃどうしようもないことがあるんだ。でも、人を恨《うら》んだり、羨しがったりしてたら、その内、自分のことを嫌いになっちゃう。人は人、自分は自分だ、っていつも考えて」

「はい」

「夢を忘れないことだよ。それと、友だちを大切にしてね」

明男はそう言って、「トラックをずっと停めておけないので、もう失礼します」

と、コーヒーを飲み干して、財布を取り出す。

「あ、ここは私が」

と、香子は止めて、「せめてそれくらいはさせて下さい」

「分りました。じゃ、ごちそうになります」

明男は微笑んで、「元気でね」

「うん。明日から、ちゃんとこの近くの中学に行く」

「それがいい。きっといいお友だちができるよ」

明男は香子に会釈して、コーヒーショップを出ると、トラックへと急いだ。

——店に残っていた香子と真弓は、しばらく黙って座っていた。

香子はミルクティーを、真弓はシェークを飲んでいた。そして、やがてどっちからともなく顔を見合せると、フッと笑った。

「——お母さんも働こうかしら」

と、香子は言った。「帰って来たとき、いなくても大丈夫?」

「私はいいけど……。秀一が寂しがるよ。できたら、お母さん、いた方がいい」

「ああ……。そうね」

と、香子は肯いて、それから真弓の頭をなでると、「いつの間にか、真弓も大人になったのね」

真弓は顔をしかめて、

「大人だったら、頭をなでたりしないでよ」

と、母親をちょっとにらんでやった……。


「戸畑さん」

岡野道子は、銀の食器を磨《みが》いていた戸畑へ声をかけた。

「君か。——どうした」

「そんなこと、誰かにやらせればいいのに」

と、道子が言うと、戸畑は微笑んで、

「ホテルの中をうろついてると、あの再建人から何を言われるか分らないからな。こうして、銀食器を磨いてると、若いころを思い出して懐しいよ」

「そうか。こんな所にはあの村松はやって来ないでしょうから、気楽ね」

道子は戸畑の背中にそっと寄りかかった。

「どうかしたのか」

「——別に」

戸畑の娘が会いに来たことは、まだ黙っていよう。仕事の場で話すことではない。

「さっき、宴会の係が集められてたわ」

「そうか。しかし、宴会部門が稼がないとやって行けないからな。あの村松だって、それくらいは分ってるだろ」

「それがね……」

と、道子は声を低くして、「その会合で、村松がとんでもないことを言い出したって」

「何のことだい？」

「宴会の料理を外注するって」

戸畑の手が止った。

「――確かか？」

「ええ。抗議した人もいたらしいけど、『もう決定したことだ』って言われたそうよ」

「そうか……」

「もう終りね」

と、道子はため息をつくと、「このホテルは、ビジネスホテルとファミレスになるってことだわ」

宴会の料理がおいしい、というのはホテルKの自慢だった。他のホテルでは、かなり大手でも宴会用の料理を外注している所がある。

むろん、コストは下げられるが、その分味は落ちる。

「これからは年末まで、パーティが多いからな」

と言ってから、「――いかん」

「どうしたの?」

「企業のパーティなら、料理をあまり食べないからまだいいが、栗崎英子さんの会がある」

「ああ……。お祝いでしたね」

「その会に、まずい料理なんか出せない」

と、戸畑は言った。

「どうします?」

戸畑は少し考え込んでいたが、

「仕方ない。せっかくうちを選んでいただいたが、キャンセルをお願いして、他のホテルを使っていただこう」

と、沈痛な面持《おもも》ちで言った。

本当なら、ごひいきの客に、祝賀の会の会場として選ばれることは、ホテルに働く者として、何よりの喜びである。しかし、今の状況では、栗崎英子のような大女優に満足してもらえる会にするのは難しい。

「そうですね、残念ですけど」

と、道子も同意した。

「どこがいいかな」

と、戸畑は考えていたが、「Sホテルの新館がいい。あそこはシェフもよく知ってるし」

「私、行ったことがありません」

「じゃ、一度見て来るといい。すまないが、君、行って会場が空《あ》いてるか、確かめて来てくれないか」

「分りました」

「もし空いていたら、仮押えしておいてくれ。その後で僕から栗崎様にご説明する」

「はい。じゃ、早速《さっそく》出かけて来ます」

「頼むよ」

行きかけた道子は、ふと足を止めて戻って来ると、少し伸び上って戸畑にキスして、それから足早に立ち去った。

——いわばこのホテルでの「最後の仕事」として、栗崎英子の八十歳の祝いの会をやり遂《と》げたかった戸畑にとっては、悔《くや》しいことだが仕方ない。

栗崎英子を落胆させるようなことになれば、戸畑としては悔やんでも悔やみきれない。

それにしても……。

戸畑にとって、もはやホテルKは愛着ある職場ではなくなりつつあった。

村松のやり方は陰険で、今働いている社員たちを、「優遇する者」と「切る者」にはっきりと分け、社員同士が反目し合うようにしていた。

そうすれば、新経営者への反発のエネルギーが失われるからだ。昔からある方法だが、誰しも「自分の暮し」を守りたいと思っている限り、効果的なやり方なのである。

「仕方ない……」

今さら、戸畑の力ではどうすることもできない。

村松のやり方で、ホテルKがどうなるか。それは他のホテルの例を見ても容易に見通せた。

一時的には、人件費をはじめ、様々な経費を切りつめて、赤字を減らすだろう。しかし、これまでの客は離れ、新しい客も、一度は使っても二度はほとんど来ないだろうから、数年と待たずに、再び赤字へ転落するのは目に見えている……。

だが、戸畑にもふしぎだった。――村松は何を考えているのか?

ホテルを「再建する」と言いながら、今までホテルを支えてきた貴重な人材を次々に切り捨てている。すでに、二人の料理長が他のホテルへ移ると決っていた。

当面の赤字を減らすことが「再建」なのか?

戸畑には理解できない世界だった。

「いい仕事をすれば報われる」

という考え方が古くさいのだろうか。

しかし、自分にはそれ以外の生き方はできないのだ……。

戸畑はまた銀食器を磨き始めた。そこには、「手をかければかけるほどきれいになる」という、単純な世界があった……。

10 記念品

「杉原さん。すみません」

岡野道子は、Sホテルのロビーで爽香と顔を合せると言った。

「いいえ。ちょうどこの近くへ来る用もありまして」

と、爽香は言った。「岡野道子さんでしたね」

「はい」

「さっき、電話で戸畑さんとお話しして」

と、爽香は微笑んで、「とても恐縮しておられました」

「戸畑のせいではないんですが」

「分っています」

――戸畑は、案内状の印刷をストップさせる必要があることに気付いて、爽香へ連絡したのだ。マネージャーの山本しのぶと連絡がつかなかったのである。

爽香は、岡野道子とここSホテルで落ち合って、もしここでパーティをやるのなら、会場をできるだけ早く見ておきたかったのだ。

「Sホテルの担当の方とは？」

「戸畑がコンタクトを取っているので。――さっき戸畑からメールで、会場は取れそうだと言ってきました。ただ、料金などは話してみないと」

「分りました」

「ただ、担当の方が今外出しておられるようで。二十分ほどで戻るということでしたけど」

「じゃ、お茶でも飲んで待っていましょう」

と、爽香は促《うなが》した。

二人でラウンジに入る。

「――面白いものですね。ホテルによって、こんなラウンジだけ取っても、色々違ってて」

爽香はコーヒーを飲みながら言った。

「ホテルの個性は、その歴史が作ったものです。でも、今、ほとんどのホテルはどこかのチェーンに入って、その個性が失われています」

「効率第一になると、どこも似てしまいますよね。むだは極力省《はぶ》いて。でも、むだがないと、人間でもホテルでも、面白味がなくなりますね」

「おっしゃる通りです」

と、道子は言った。

「あら」

ラウンジからはロビーが見える。爽香は、コーヒーカップを持つ手を止めて、

「あれ、村松さんでは?」

「え?」

ロビーに背を向けていた道子は、振り返った。

確かに、ロビーへ入ってきたのは村松定だった。つい、不愉快な思いが顔に出たのだろう。

爽香が言った。

「村松さんと個人的に何か?」

「え……。まあ、ちょっと」

と、道子は言葉をにごしたが、「――隠すこともありませんね。あの人、私にしつこく誘いをかけて来て……」

「そうですか」

「爽香さん、村松さんをご存知で?」

「いえ、この間、そちらのホテルでお見かけしたのが初めてです」

爽香はそれ以上説明しなかった。村松の両親のプライバシーに係ることだから、軽々しく口にはできない。

「ホテルを愛していない人がホテルを再建なんて、できるんでしょうか」

と、道子は苦々しげに言った。

村松はロビーで誰かを捜しているようだったが、長身の、アメリカ人らしい背広姿の中年男性が村松の方へやって来た。

スラリとした、いかにもやり手のビジネスマンだ。

村松と握手して、二人はエレベーターへと向った。

「あの人……」

と、道子は呟いた。

「ご存知ですか、今の外国人？」

「あ……。はっきりは分りませんけど、私どもと同じホテル業界の人だと思います。写真で顔を見ただけですけど」

道子は妙に気になって、「すみません、ちょっと失礼します」

と、席を立つと、ラウンジを出て足早にエレベーターへと向った。

爽香はそれを見送っていたが、ケータイが鳴り出して、

「――もしもし」

「あ、山本しのぶです」

栗崎英子のマネージャーだ。「すみません。ご連絡いただいて、あのホテルの戸畑さんから」

「栗崎様の会のことです。事情はお聞きになりました?」

「大体は。栗崎様にもお話ししないといけませんね」

「今、私、Sホテルに来てるんです。もしここで会場が取れたら連絡しますので、それから栗崎様にお話し下さい」

「分りました」

「それと、もう一つご相談したいことがあるんです」

と、爽香は言った。

「何でしょう?」

「パーティのときに、栗崎様に何か記念品をお贈りしたいんです。何がいいか、お心当りはありませんか」

「そうですね……。必要な物は何でもお持ちですから……。ああ、そういえば、この間、和服に合う、いいハンドバッグが欲しいと、何気なくおっしゃっていましたけど」

「バッグですね。それ、いいですね」

爽香はホッとしていた。具体的な品物が分っていて、プレゼントを捜すのは、「何かいいもの」を捜すより、ずっと楽だ。

「杉原さん、ぜひ見付けて下さい」

「やってみます。——候補が見付かったら、金額も含めてご相談します」

「ええ、よろしく」

爽香は少し気が軽くなった。

――岡野道子はなかなか戻って来ない。

待っているSホテルの担当者が来てしまったら、どうしよう？　爽香は少し落ちつかなかった。

ケータイが鳴った。出ると、

「もしもし、爽香おばちゃん？」

「綾香ちゃん、どうしたの？」

緊張した声に、いやな予感がした。

「お母さんが……」

「則子さん？　何か連絡があったの？」

「それが、よく分んないんだけど、病院にいるって」

「病院？」

「苦しそうで、具合悪そうだった」

「どこの病院から？」

「それ言わない内に切れちゃって。こっちからかけてもつながらないの」

爽香は迷ったが、

「もしかすると、お父さんのいる病院かもしれないわね」

「ああ。——そうかしら」

「問い合せてみましょ。綾香ちゃん、出られるの？」

「今——高須先生について講演会場に来てるの。講演始まっちゃってて……」

「分ったわ。じゃ、ちゃんと仕事して。病院には私が訊くから」

「ごめんね」

「いいのよ。何か分ったらメールで知らせる」

「はい」

通話を切ると、爽香は兄、充夫の入院している病院へかけた。

よく挨拶して親しいベテランの看護師を呼んでもらうと、充夫の奥さんが見舞に来なかったか訊いた。

「今調べてみます。ちょっと待って下さい」

「すみません、お忙しいのに」

五分ほど待った。——道子も戻らない。

「もしもし」

「はい、どうでした？」

「病室にはみえてないけど、少し前に、一階の受付に来た女性が急に倒れたって。ケータイでどこかへかけてたらしいけど、途中で意識を失って。その人じゃないでしょうか」

「すぐ伺います」

爽香は決心した。

通話を切ると、手帳を破って道子へメモを残し、ラウンジを出た。


病院へ入ると、受付の前に畑山ゆき子が立っていた。

「ゆき子さん」

「爽香さんがみえると聞いて」

と、ゆき子は言った。

「聞きました？」

「事情は。でも、それが奥さんかどうか、私にはよく分らないので」

「そうですね。兄には何も？」

「話していません」

「ともかく、それが則子さんかどうか確かめないと」

爽香は電話で話した看護師を呼んでもらった。すぐにやって来て、

「すみません。うちでも、身許《みもと》が分らなくて連絡のしようがないというので、困っていたそうです」

「今、容態《ようだい》は……」

「極度の疲労と緊張だろうということです。今は眠っています」

「顔を見ても？」

「ええ。お願いします」

看護師について、爽香とゆき子は廊下を進んで行った。

「——今、こちらで休んでます」

と、ドアを開けてくれる。

四人部屋の病室で、ベッドは埋っていた。

「窓際の……」

「分りました」

爽香は近寄って、見下ろした。

何だ、違う人だ。——一瞬そう思ったが、もう一度見直すと、

「則子さん……」

と、思わず呟いていた。

「ご存知の方？」

「兄の奥さんです。——目が覚めるのはいつごろでしょう？」

「さあ。かなり体力がなくなっているそうですから。もし目を覚ましても、起きられないと

思いますよ」

「分りました」

あまりのやつれように、爽香は一瞬別人かと思ったのである。放っておくわけにはいかない。

「入院させていただけますか」

と、爽香は言った。

「分りました。すぐ空きを調べて、何とかしましょう」

「お願いします」

爽香は廊下に出た。

畑山ゆき子は少し離れて、その様子をずっと見ていたが、爽香が壁に手をついて目をつぶっているのを見て、

「――大丈夫ですか」

と、そっと声をかけた。

「ええ。すみません」

「大変ですね。充夫さんに加えて、奥さんまで」

爽香はちょっと微笑んで、

「そんな顔してました？　――精神修養が足りませんね」

「そんなこと……」

「お金には代えられない、って思っても、やっぱりお金はかかるんですから。綾香ちゃんだって可哀そう。母親役までこなして、働いて」

「でも、爽香さん一人が負担するんじゃ無理ですよ。綾香さん、風俗の店に行こうとして、爽香さんに叱られたって」

「聞いたんですか？　もうあの子は充分過ぎるくらいやってくれています。ともかく――差し当りは、貯金を取り崩して、何とかします」

「爽香さん。――私も、お力になりますわ」

「ありがとうございます」

爽香は、ちょっと背筋を伸して、「きっと耳に入るでしょうし、兄に話しておきましょう」

「そうですね」

ゆき子は肯いて、「すみません、泉《いずみ》がそろそろ学校から帰って来るので」

「ええ、帰ってあげて下さい。兄には私が」

「お願いします」

「そんなこと……。ゆき子さんは、兄のために何かするような義理は少しもないのに」

二人は少し黙っていたが、やがてどちらからともなく抱き合った。

「――それじゃ、明日また来ます」

ゆき子はちょっと涙を拭《ぬぐ》うと、エレベーターの方へ足早に向った。

爽香はゆき子の後ろ姿を見送って、小さく首を振ると、

「損な役回りね、お互いに」

と呟いて、充夫の病室へと向った……。


「戸畑さん」

ホテルのレストランフロアを回っていた戸畑に、クロークの女性が声をかけた。

「何だい？」

「お電話が回って来てます」

「僕に？」

「Sホテルの方からです」

「——ありがとう」

受話器を受け取る。「もしもし、失礼しました。戸畑です」

相手はSホテルの宴会係だった。

「すみません。ケータイ番号を聞いていなかったので」

「いや、それが、おいでにならなくて」「うちの岡野という者が伺ったと思いますが」

「え?」

戸畑は面食らった。「伺っていないんですか?」

「ラウンジにおられたようですが、席を立って、それきり戻られなかったと」

「そんなことが……。申し訳ありません! 調べて連絡さし上げます」

電話を切ると、戸畑はすぐにケータイで道子へかけてみた。しかし、電源が切れているらしい。

「——おかしい」

戸畑は、レストランのレジに行ってみたが、道子は戻っていなかった。

「誰か代りにやっておいてくれ」

と指示して、戸畑は考え込んだ。

何があったのだろう? ——交通事故にでも? しかしSホテルには着いているのだ。

戸畑は、すぐSホテルへ行ってみることにして、ロビーへと急いだ。

11 消失

綾香が何かポツリと言った。

少し眠気がさして来て、頭がボーッとしていた爽香は、綾香が何と言ったのか分らず、

「え？」

と、間の抜けた感じで、「――何？」

「うん……。江戸時代だったらよかったのになあ、って言ったの」

「江戸時代？」

爽香は面食らって、「どうして？」

「だって、ほら、時代劇見てると、よくあるじゃない。親が病気して、薬代も払えないとかいうと、娘が泣く泣く『私が身売りするから、お母さんの薬を買って下さい』って言うでしょ。私だって、何百万もくれるんだったら、身売りするけど」

「なあんだ」

と、爽香は苦笑して、「それなら、私が先に身売りするわよ」

「爽香おばちゃん、もうだめだよ。何てったって、もう四十じゃ」

「失礼ね！　三十八だ」

「ともかく、若くなくっちゃ。絶対、私の方が高く売れる」

「よしてよ」

爽香は息をついた。

病院で、夜を迎えていた。——倒れた則子は、まだ意識が戻らないのである。

「おばちゃん、珠実ちゃんは大丈夫なの？」

「うん。おばあちゃんの所に預けて来た。今は忙しくて、明男の帰りが遅いんで」

と、爽香は言った。「そっちはいいの？　涼君と瞳ちゃんのこと」

「涼はもう十六だよ。適当に何か買って来て食べるくらいのこと、してる」

「そうか。——十六歳ね。もう子供じゃないんだ」

「大人でもないけど」

と、綾香は言った。「最近、女の子の裸の雑誌ばっか見てるの。男って全く……」

「そういう年齢よ」

と、爽香は言って、廊下のソファから立ち上った。

先のことは、また後で考えよう。今考えたからといって、いい考えが浮ぶはずがない。

「——あ、電話だ」

ケータイの電源をしばらく切っていた。明男からでも何かあるといけないので、電源を入れたばかりだ。

「――もしもし」

爽香は、目立たないように階段の所へ行ってから電話に出た。

「杉原さんですか。戸畑です、ホテルKの」

「あ、どうも」

と、爽香は言った。「お電話いただいてましたか」

「実は、岡野のことで」

と、戸畑が言った。

「岡野さん、どうかしました?」

「Sホテルでお会いになりましたか」

「ええ。――私、個人的なことで病院へ来てしまったんですけど」

「岡野君の行方が分らないんです」

「え?」

爽香はびっくりした。

「ラウンジから急いで出て行ったとか聞きました」

「ええ、そうです。私が残ってたんですけど、急な用事で失礼してしまいました」

「では、岡野君は戻ってなかったんですね」

「ええ。――じゃ、それきり?」

「そのようです。私もSホテルの人間から連絡をもらって、びっくりして駆けつけて来たんですが」

「まあ……。おかしいですね」

「ケータイもつながりません。こんなこと、彼女らしくないので。――すみません、病院ですか、今?」

「ええ。あの――戸畑さん、村松さんに訊いてみて下さい」

「村松?」

「Sホテルで見かけたんです。岡野さんが、気にしてらして……」

爽香が、あのときの状況を思い出しながら説明すると、

「村松が外国のホテル関係者と……。そうですか」

と、戸畑は少し考えていたが、「分りました。ありがとうございます」

「いいえ。早く分るといいですね」

「お邪魔しまして」

戸畑は通話を切った。

「――おばちゃん」

綾香がやって来た。「お母さん、気が付いたって」

「ごめん」

爽香は急いでケータイをバッグへしまった。

「則子さん」

爽香が声をかけると、則子はゆっくり目を開けた。

「爽香……さん？」

「ええ。よかったわ、目が覚めて」

と、できるだけ顔を近付けて言った。

同じ病室の他の患者はもう眠っているので、声もできるだけ小さくしなくてはならなかった。

則子は、まだ頭がはっきりしないようで、

「私……どうしたのかしら」

と、呟くように言った。

「倒れたのよ、この病院の受付で」

「倒れた……。ここ、病院？」

「ええ。兄の入院してる所。兄に会いに来たの？」

「どうだったかしら……」

「いいわ。ともかく過労だって。話は明日にでもゆっくりね」

爽香が則子の手を軽く両手で包む。

「――そのまま、死んじゃえばよかったわね」

「馬鹿なこと言わないで。ともかく、体を休めてちょうだい」

と、爽香は言って、「ただ、寝る前に、一人だけ会ってほしい人が待ってるわ」

と、傍へ退《しりぞ》くと、綾香が立っていた。

則子の目が少しはっきりして、

「綾香……。涼と瞳は元気？」

と、じっと綾香を見ながら訊いた。

「先に私が元気か訊いてよ」

と、綾香は仏頂面で言った。

「そうね。――ごめんね」

「お母さん……。ずいぶんダイエットしたね」

と、綾香は母親の、細くなった腕を取って、「二人とも元気だよ。大丈夫」

と言った。

則子がホッと息をついた。

「――則子さん」

と、爽香が言った。「また、どこかへ消えたりしないでね」

「今は消える元気もないわ……」

と、則子は言った。

「お母さん。爽香おばちゃんが、何から何まで、うちのこと、助けてくれてるんだよ」

「綾香ちゃん――」

「だって、それだけは言わなきゃ」

と、綾香は言った。「お母さん、これ以上おばちゃんに迷惑かけないで」

則子が目をつぶって顔を向うへ向けた。

「――帰りましょ」

爽香は、綾香の肩を抱いて、「則子さん。綾香ちゃん、今は高須雄太郎先生の所でよく働いてるのよ。先生の講演のお供をしたりして。凄《すご》く役に立ってるって、感謝されてるわ」

爽香は明るくそう言うと、

「よく休んでね。――じゃ、おやすみ」

と言って、綾香と二人、病室を出た。

病院を出た爽香たちは、足を止めた。

爽香の部下の麻生《あそう》が、車のそばに立って待っていたのである。

「まあ、どうしたの？」

「僕の車ですみません」

と、麻生が言った。「会社への伝言を聞いて」

「迎えに来てくれたの？」

「お疲れだと思って。――送りますよ、久しぶりで」

「でも――」

「たまにゃ、〈運転手〉もやりたいんです」

麻生の言葉に、爽香も笑って、

「分った。じゃ、お言葉に甘えて」

「ええ、どこへなりと行きますよ！」

と、麻生は後部席のドアを開けた。

爽香の実家へ、先に寄ることになった。

「綾香ちゃんのことも、ちゃんと送って行くからね」

と、麻生が言った。

「ありがとう」

爽香の実家まではそう遠くない。

珠実が起きていたら、そのまま連れて帰るつもりだったのだが——。

「ついさっき寝たばっかりよ」

と、真江が言った。「起すと泣くんじゃない？」

「でも、連れて帰らないと……」

と、爽香は迷ったが、「じゃ、少し上ってくかな」

「そうしなさい。——綾香ちゃんも、何か食べる？」

「あ、お腹空いてる」

「何かこしらえるわ。——あんたの持って来てくれた冷凍のをレンジに入れるだけだけどね」

「じゃ、麻生君も呼ぶわ」

正直なところ、爽香もお腹がペコペコだったのである。

「珠実ちゃんには食べさせたわよ」

「ありがとう。——麻生君も座って」

爽香はトイレに立つと、廊下でケータイを取り出し、明男へかけた。

「——明男、まだ仕事？」

「今、帰りだ」

「そう。悪いけど、どこかでご飯食べてくれる？」

「ああ、いいよ。則子さんは？」

爽香は簡単に報告して、

「そんなことで、珠実ちゃん連れて帰るの、もう少しかかる」

「分った。麻生さんによろしく」

「うん」

爽香は通話を切って、ホッと息をついた。

明日の朝はまた寝不足か……。


明男はケータイをポケットに戻すと、喫茶店の中へ戻った。

席に座ると、

「奥さん？」

と、向いの席で、三宅舞《みやけまい》がミルクティーを飲みながら言った。

いや、今は笹原《ささはら》舞だ。

「うん。——色々抱え込んで、大変だ」

と、明男は言った。

「偉いわね。私なんか、結婚だけでもこんなに迷ったり困ったりしてるのに」

「しかし——どうするんだい、これから」

「やり直す」

「ご主人と？」

「ううん。もうあの人とは別れるわ。——申し訳ないと思ってるけど」

「じゃあ……」

「すべてゼロにして、初めからやり直したいの」

「そんなこと、できるのか？」

「分らないけど……。やらなきゃ」

と、舞は自分へ言い聞かせるように、「やらなきゃ」

と、くり返した。

明男は肯いて、

「夕飯、どこかで食べてかなきゃ。食べるかい？」

「うん！」

舞の顔に、やっと笑みが戻った。


「村松さん」

戸畑はホテルKのロビーで、やっと村松を捕まえた。

「何だい？　忙しいんだ。後にしてくれ」

せかせかと行ってしまおうとする村松の腕を、戸畑は容赦《ようしゃ》なくつかんだ。

「おい！　何するんだ！　痛いじゃないか」

村松は顔を真赤《まっか》にして言った。

「岡野君はどこです」

戸畑の言葉に、村松は明らかにうろたえた。

「知るか！　手を離せ！」

と、力をこめて戸畑の手を振り離そうとする。

しかし、戸畑は断じて離さなかった。

「Sホテルで、岡野君と会ったでしょう。彼女はどこに行ったんです！」

「そんなこと……俺は知らない」

「ずっと連絡が取れないんです。彼女と会ったんですね」

「俺は……」

村松がどう答えていいか迷っているのを、戸畑は気付いた。

「宴会場の予約に行ったお客様が、岡野君とあなたが一緒にいるのを見てるんだ。本当のことを言って下さい！」

これはもちろんはったりである。しかし、村松には効果があった。

「一緒になんて……。ちょっと立ち話をしただけだ！」

と、認めてしまった。

「どこで話したんです?」

と、問い詰める。

「Sホテルの——バーだ。入って来て騒ぐから、バーから引張り出した。それだけだ」

「じゃ、なぜ姿を消したんです」

「そんなことは知らない! ともかく——手を離せ」

戸畑は、村松の腕を離した。

村松はブツブツと、

「人のことを何だと思ってやがる……」

と言いながら、エレベーターへと小走りに急いで行った。

はた目には、「逃げて行った」としか見えなかった……。

12　疑惑の影

「では、本日はこれで」

高須雄太郎が壇上で一礼すると、盛大な拍手が会場に溢れた。

「やっぱり、お客さんは圧倒的に女性が多いわね」

と、爽香は言った。

「お疲れさまでした」

会場から出て来た高須を、綾香が迎える。

「どうだった？」

「とても皆さん、熱心でした」

「そうか。確かに、今日は手応えがあったな」

高須は、綾香から冷たいおしぼりを受け取って、顔を拭ってから爽香に気付いた。

「やあ！　君、来てたのか」

「はい」

と、爽香は笑顔で、「相変らずお上手ですね」

「お世辞かい？　そうか、この子の様子を見に来たんだな」

「両方です」

「いや、よくこまめに動いてくれるよ。森沢君も助かってる」

「先生、次のご予定が」

「ああ。——どこか途中で軽く食事しよう。杉原君もどうだ？」

と、爽香の方へ訊く。

「お供します」

——爽香も綾香も「杉原」だが、高須は綾香を名の方で呼んでいた。

以前はハイヤーを使っていたが、今は綾香が車を運転している。

爽香は車の助手席に座ると、車が走り出したところで、

「〈S文化マスタークラス〉の宣伝に出ていただいた、女優の栗崎英子さんのことなんですが」

と、高須へ話しかけた。

「うん？　ああ、あの大女優だな。僕は昔からのファンだ」

「そうおっしゃっていただくと、お願いしやすいです」

「何のことだい？」

爽香は、栗崎英子の「八十歳を祝う会」について説明し、

「もちろん、ご都合がつけば、でよろしいんですが。もしご出席いただけたら」

「ああ。他に予定さえなければ」

「その日の夜は空《あ》いています」

と、ハンドルを握った綾香が言った。

「そうか。じゃ、その会を入れといてくれ」

「分りました」

「もう入れてあるんだろ？」

綾香は笑って、

「正解です！」

実は一つインタビューの予定が入っていたのを、爽香から話を聞いて、綾香が他の日にして「空けて」いたのである……。

三人は、ちょうど通り道にあるホテルで昼を食べることになった。――Sホテルだった。

「栗崎さんの会は、このホテルで」

と、車を降りて爽香は言った。

「そうか。いいじゃないか」

高須はロビーへ入ると、「僕の還暦の祝いもここでやってもらおうかな」

「まだ十年も先ですよ」

「いや、九年だ」

「大して違いませんよ」

三人はエレベーターで最上階のレストランに上って行った。

エレベーターの扉が開くと、

「あ。——戸畑さん」

目の前に戸畑が立っていたのだ。

「やあ、これは……」

「どうしてここに？　岡野さんのことですか」

「ええ。ここのバーに話を聞きに」

「まだ見付からないんですね、岡野さん」

「そうなんです。——あ、お邪魔してすみません」

と、戸畑が高須に言った。

「いや……。杉原君、君、また何か物騒なことに係ってるのか？」

高須が愉快そうに言った。

「先生。——他人事《ひとごと》だと思って、面白がらないで下さい」

と、爽香は渋い顔で言った。

そして、ランチは戸畑を含めて、四人でとることになったのである。

「――確かに、ここのバーに、岡野君は来たそうです」

と、戸畑は言った。「中にいる村松の所へ行って、何か問い詰めてる様子だった、と」

「問い詰めてる？」

「バーの人の目には、そう見えたらしいです。それで村松が周りのテーブルを気にして、彼女をバーから連れ出したとか」

「バーの人が見ていたのは、そこまでですか」

「そういう話でした。バーの人の記憶では、村松は割合すぐにテーブルに戻った、ということです。村松は、そこで岡野君に帰るように言って、席に戻ったと言っています」

「そうですか」

と、爽香は肯いた。

「もう丸三日たつ。――何かあったとしか思えないですよ」

戸畑の言葉に、高須は、

「そういうことなら、この杉原爽香君に任せなさい。何しろ犯罪捜査のベテランだ」

「先生」

と、爽香はちょっと高須をにらんだ。

その後、食事の間は、栗崎英子の祝いの会についての話になった。

「――全く残念です」

と、戸畑が言った。「最後の仕事として、ぜひ自分で手がけたかったんですが」

「戸畑さんは、どこかへ移るんですか?」

と、爽香は訊いた。

「いや、今のところまだ決めていません。それを考え始めると、今の仕事がいやになりそうでね」

と、戸畑は首を振って、「しかし、こんな呑気なことを言っていられなくなるかもしれません。退職金はあてにならないし、そう貯金もありません。明日から食べて行くにも困らないとも限らないので」

「妙な時代だ」

と、高須がため息をついて、「長年の経験というものに、企業が値打を認めなくなって来ている」

「それは間違いです」

「そうなんだ。世の経営者は、コンピューターがあれば、ベテランで給料の高い社員なんかいらないと思っている。しかし、コンピューターは客のデータは記憶できても、客の顔や機嫌の良し悪しまでは判別できない」

「全くです。名前を入力すれば、データは出て来ますが、お得意様は、いちいち名前を言わなくても、店の方ですぐ対応してくれることを望んでおられるんですから」

と、戸畑は言った。

「その内、ベテランを失うことの怖さを、日本の企業も思い知りますよ」

と、高須は言った。「さあ、コーヒーにしてもらってくれ。次の講演がある」

「はい」

綾香がすぐに立って、コーヒーを頼みに行った。

「——戸畑さん」

と、爽香が言った。「バーで岡野さんは村松に何を言ってたんですか?」

「さあ……。バーの人間は、忙しくてよく聞かなかった、と言っています」

「それって不自然じゃありません? ホテルのバーといえば、静かに話をする所でしょう。そこで村松が連れ出さなきゃいけないような言い方を岡野さんがしていたのなら、当然バーの人は聞いていたはずです」

「確かに……」

と、戸畑は肯いて、「僕がバーの人間なら、トラブルになりそうかどうか、聞き耳を立てます」

「そうでしょう? バーの人たちは、村松から口止めされてるのだと思いませんか?」

「なるほど」

「それに、村松がすぐに席に戻った、というのもふしぎです」

と、爽香は続けて、「バーの中へ入って来てまで、岡野さんは村松と話したいことがあった。それなのに、『帰れ』と言われて、すぐに帰るなんて、おかしいでしょう」

「おっしゃる通りですね」

「ね？　この人はやっぱり名探偵の素質があるんだよ」

と、高須がニヤリと笑った。

「そんなことじゃありませんけど……」

と、爽香は苦笑して、「岡野さんの立場で、すぐそこから帰るわけにはいかないでしょう。たぶん、村松から言われたんですよ。『ちゃんと話をするから、どこかで待っていてくれ』と」

「なるほど。その通りですね、きっと」

と、戸畑は言った。「では、やはり村松が何か知っているんだ」

「ほかには考えられませんよ、あの状況では」

高須はコーヒーを飲みながら、二人の話を面白そうに聞いていた。

「先生」

と、綾香が腕時計を見て、「そろそろ出ましょう。もし車が混んでいると、講演の時間ぎりぎりに滑り込むことになります」

「もう少しいいだろう。せっかく面白くなって来たところだ」

「TVドラマを見てるんじゃないんですから」

と、綾香は少し怖い口調になって、「講師が遅刻したら大変ですよ！」

「分った分った」

高須は渋々立ち上って、「じゃ、支払いしといてくれ。僕はトイレに寄ってる」

「はい」

高須は爽香の方へ、

「この子は君と似てるのかね」

と言った。

「多少は似てるかもしれません」

と、爽香は澄まして言った……。


爽香と戸畑は、高須と綾香が出て行った後十五分ほどして、レストランを出た。

「ここは私が」

と、爽香は会計の前で足を止めた。

高須たち二人とは別の伝票にしてもらっていたのだ。

「いや、それは困ります」

と、戸畑が言った。

「では、割り勘ということで」

「そうしましょう」

爽香が先にカードで払い、戸畑は現金で爽香に払った。

「バーの人間にもう一度問いただしてみます」

と、戸畑が足を止める。

「私もご一緒しましょう」

「そうして下さると心強い」

「そんなに怖く見えます?」

「見えないから怖いんです」

「まあ」

と、爽香が笑った。

爽香のケータイが鳴った。

「すみません。——もしもし」

部下の久保坂あやめからだ。

「チーフ、今どこですか?」

「Sホテル。どうかした?」

「今、警察から電話があって」

「警察？」

「ええ。何だか、見つかった女性の死体のポケットに、名刺の切れ端が入っていたそうで」

「それで？」

「この机の電話番号が入っていたらしいんです。——チーフ、行方不明の女の人のことを話してらしたので、もしやと思って」

爽香の表情を見て、戸畑も厳しい顔になった。

「連絡先は？——分った。すぐ行ってみるわ」

爽香は通話を切って、戸畑を見た。

「岡野君のことですか」

「確かめないと。でも可能性はあります。他殺体だと言うことですから」

戸畑が青ざめた。

「行ってみましょう」

と、爽香は促して、エレベーターのボタンに触れた。

13 足跡

爽香にとって、死体を見るのは初めてではない。

それに、「他殺体」も、これまで何度か見て来た。しかし、やはり知り合いで、色々話もしたことのある相手となると、見るのは辛い。

「――どうですか？」

と、その刑事が訊いた。

爽香は戸畑の方へ目をやった。自分より、戸畑が答えた方がいいと思ったのだ。しかし、戸畑は真青《まつさお》になって、立っているのもやっと、という様子だった。

爽香は肯いて、

「岡野道子さんです」

と言った。「ホテルKの従業員です。こちらの戸畑さんの同僚です」

「そうですか」

刑事は死体の顔を布で覆《おお》った。

「――どうぞあちらへ」

個室へ案内されて、戸畑は、やっと少し立ち直ったようで、

「申し訳ありません」

と、爽香へ言った。「このところ、岡野君は私のアパートにいました……」

「そうですか……。お気の毒でした」

他に言いようがなかった。

「じかに見ていただくと、やはりショックですよね」

と、刑事は椅子にかけ、「今、お茶をいれさせます」

「恐れ入ります」

「杉原爽香さんですね」

「はあ」

「私は夏木《なつき》といいます。河村《かわむら》さんの後輩で、お世話になった者です」

刑事は、まだ三十代前半らしく見えた。どことなく、河村と似た雰囲気がある。

「杉原さんのことは、河村さんからよく聞かされました」

と、夏木刑事は言った。「刑事顔負けの勘の持主だと伺っています」

爽香は、どう答えていいか分らなかった。

「杉原さん！」

と、戸畑が少し震える声で言った。「岡野君を殺した犯人を見付けて下さい！」

「いえ、それは……。警察の方のお仕事ですから」

と、爽香は急いで言うと、「――夏木さん。死因は……」

「ご覧の通り、絞殺です」

爽香も、岡野道子の首の黒ずんだ痕に気付いていた。

「――どこで発見されたんですか？」

と、爽香は訊いた。

「空地《あきち》に放置されていた車の中です。車はもう一か月近く置かれたままだったそうですから、犯人は車の窓ガラスを破ってドアを開け、岡野さんの死体を隠したのでしょう」

と、夏木は言った。「今、その近所の聞き込みを進めています」

「場所はどの辺ですか？」

「M文化会館、ご存知ですか？　あの裏手です。開発が中断して、空地のままになっている所が方々にありまして」

都心のSホテルからは大分遠いが、犯人はおそらく死体を車で運んだのだろう。

「殺されたのは、その車の中ではありません」

と、夏木が言った。「何かご存知のことはありますか？」

爽香は、戸畑がまだかなり動揺しているのを見て、

「じゃ、私からお話しします」

と、夏木へ言った。

ちょうどお茶が出されて、爽香は少しホッとして飲んだ。

そして、ホテルKで開くはずだったパーティをSホテルに変更した事情、岡野道子がSホテルのラウンジを出て行って、戻らなかったことを説明した。

村松の名も出したが、夏木に先入観を与えないように注意した。刑事なら、当然村松から話を聞くだろう。

しかし、爽香が話し終えると、戸畑が、

「村松だ！」

と、今度は怒りで声を震わせながら言った。

「戸畑さん――」

「村松は、彼女に言い寄ってたんです。岡野君はそれをはねつけた。村松はプライドを傷つけられて……」

そこまで言って、戸畑は息をつくと、「申し訳ありません。つい、我を忘れてしまって……」

「いや、手掛りは一つでも多い方が助かります」

と、夏木は穏やかに言った。

「村松に話を聞いて下さい」

戸畑は、Sホテルで村松が岡野道子と会ったことを認めていることを説明した。

「——ありがとうございました」

夏木はていねいに話をメモして、立ち上った。「ホテルKに戻られても、その村松という人のことはあまりしゃべらないようにして下さい」

「分りました」

——爽香と戸畑は、ホテルKへ向うタクシーの中で、重苦しく押し黙っていた。

爽香のケータイに仕事の連絡が入り、それを済ませて切ると、

「大丈夫ですか、戸畑さん?」

「いや、ご心配かけて……」

と、戸畑は大分平静に戻ったようで、「取り乱してしまって、すみません」

「いえ、私にそうおっしゃられても……。後は警察に任せましょう。あの刑事さんは、しっかりしてると思います」

と、爽香は言った。「ところで、Sホテルで外国人と会っていたこと、村松は何か言ってましたか?」

「いえ、何も」

と、戸畑は首を振って、「村松と話す機会もほとんどないので。——それに、ホテルKが

どうなっても、もう大して気になりません」

爽香は胸が痛んだ。あれほどホテルマンとして誇りを持って働いていた戸畑が、もうすっかり情熱を失っている。

ただ単に「数字」だけでしか経営を見ない人間の下で、長く働き続けて来た者の誇りも愛着も失われていくのだ。

タクシーはホテルKに着いた。

「私はこのまま会社へ戻ります」

爽香はそう言って、ホテルへ入って行く戸畑を動き出したタクシーから見送った。

戸畑の後ろ姿には、疲れがにじみ出て見えていた……。

「え？」

久保坂あやめが仕事の手を止めて、「じゃ、やっぱり殺されてたんですか」

「そうなの」

爽香は自分の席について、「気の毒にね。私より三つ四つ若かった」

パソコンを立ち上げて、メールを見る。

「──チーフ」

と、あやめが言った。「四時から会議ですけど」

「あ、そうだった！　忘れてたわ」

次の教室の企画についての会議である。

「先に行ってて。私、一通りメール見てから行く」

「はい」

と、あやめは立ち上った。

爽香はザッとメールを見て行った。

個人的なメールは、ほとんどケータイに来るから、パソコンに来るメールは仕事関係だけだ。——至急返信しなければならないものはなかったので、爽香は会議へと向った。

爽香が会議室へ入って行くと、すでにホワイトボードにいくつも書き出された項目について、ガヤガヤと議論が始まっていた。

「構わずに続けて」

と、爽香は席についた。

〈S文化マスタークラス〉の新講座のアイデアを話し合うのだ。他の大手のカルチャースクールと同じことをやっていては潰されてしまう。

「今、一番暇なのは、ベビーブーム世代で、定年退職した人たちだと思うんです」

と、男性のスタッフが言った。「うちの親父《おやじ》なんかも、毎日散歩に行っても、何していいか分らないし、図書館に行くと、同じ年代の男たちで一杯で席がないって言うんですよ。カルチャーは女の行く所、と思ってる男たちに、魅力のある講座を提供できれば」

「いいわね」

と、爽香は言った。「問題は何をやるか、だわね」

「料理教室とか、ピアノ、和物の長唄とかは大手がやってますしね」

と、久保坂あやめが言った。

「それに、男は大体そんな情報を見る機会がないだろ」

と、他の男性スタッフが言った。

「PRの方法はまた考えればいいわ」

と、爽香は言った。「いいアイデアがあったら出して」

「やっぱり中心は女性ですよ。まず女性を集める企画を考えた方が」

「夫婦で参加するような講座はどう?」

と、あやめが言った。

「どうかなあ。かえっていやがるんじゃない?」

「でも、待って」

と、爽香は言った。「退職して家にいても、奥さんと何を話していいか分らない男の人って少なくないでしょ。こういう所へ通うことで、共通の話題もできる。何か話のきっかけをほしいと思ってる人、いると思うわよ」

「そうですね。夫婦で参加しても、照れくさくないもの。社交ダンスなんて、恥ずかしがっちゃいそうですね」

「そうね」

と、爽香は肯いて、「それと、男性で定年まで勤めていた人は、あんまり『人から習う』って経験をしてないの。教えてくれる『先生』に対して、凄《すご》く偉そうにしたりする人がいるのね」

「分るな、それ」

と、あやめが言った。「うちの父も、すぐ人に向って説教したがります。この前、セールスマン相手に、国際情勢を一時間もしゃべってた」

「私も、〈Pハウス〉では、企業の取締役とかやっていた方と大勢お会いしたから分るの。専業主婦だった奥様の方が、周囲に気をつかったりできるのね。ご主人は、どこへ行っても『俺がトップ』でないと気に入らない。そういう人に、カルチャーへ通えと言っても、難しいわね」

と、爽香は言った。「でも、だからこそアイデアを考える楽しさがあるわ」

「そうだ」

と、あやめが言った。「チーフが講師になって、〈素人探偵教室〉なんてどうですか?」

爽香はあやめをジロッとにらんでやった……。

会議は予定を大分オーバーして終った。

五時は過ぎているが、爽香にはまだ仕事が残っていた。

念のため、メールをもう一度覗くと、

「え？」

と、思わず画面を見直す。

〈突然のメールで失礼いたします〉というタイトルのメール。さっきは目に留めなかったのだが、送信者は〈村松勇輝〉となっている。あの村松定の兄だ。

両親のアパートで会ったとき名刺を渡しているから、パソコンの方へメールして来たのだろう。しかし、何の用で？

受信は今日の午後三時ごろになっている。

本文を開くと、

〈　杉原爽香さま
先日はお見苦しいところをお見せして、失礼しました。

実は母から、杉原さんは色々刑事事件に係られて警察にもお知り合いがおありと伺って、ご相談のメールを差し上げています。昨日のことですが、私は一日中仕事のことで駆け回っていました。

その間に、弟の定から家内に電話があったのです。定は私にでなく、家内に『兄の仕事が見付かるかもしれない』と話し、自分が直接勧めたのでは、私が拒むだろうから、と言って、家内をホテルKへ呼び出したのです。

家内は定の話を疑いもせず、ホテルKへ出向くと、客室へ来るように言われ、行ってみると定が一人で待っていたそうです。定は、家内の話ではひどくそわそわして落ち着かず、家内が話を切り出すと、いきなり家内をベッドへ押し倒し、家内は必死で抵抗しました。結局家内は定の手を逃《のが》れて帰って来たのですが、ちょうど帰宅していた私に、いきなり抱きついてワッと泣き出しました。

やっと事情を聞き出した私は、もちろん激怒して定を殴ってやろうと、アパートを出ようとしましたが、家内はそれを止めて、警察沙汰にはしたくない、と言いました。子供たちの気持も考えると、家内の言うこともよく分り、私は思いとどまりました。

しかし、冷静になって考えると、本当に奇妙なことです。定がうちの妻に気があるなど、今まで考えたこともありません。それに定の周囲に、もっと若い女性はいくらもいるでしょう。

定に何かあったのかと、かえって心配にさえなっています。しかし、暴行未遂ということになるでしょうし、やはり警察に届けた方がいいでしょうか？

ご意見をお聞かせ願えればと思います。

——爽香は二度メールを読んで、

「妙だわね……」

と呟いた。

それに、こっちに相談されても困るわよ！　差し当り、返信はしないことにして、爽香は他のメールへ目を移した。

「チーフ」

と、あやめがやって来て、「これ、会議室にありましたけど」

ハンカチだ。

「ごめん、忘れて来た」

と、爽香は言った。

ホワイトボードに書かれていることを、ケータイで写真に撮った。そのとき、一度席に戻るつもりだったのが、スタッフに話しかけられ、そのまま廊下に出てしまったのだ。

爽香は、パソコンの画面へ目を戻したが、

「——そうだわ」

殺された岡野道子は、爽香といるときにラウンジを出て、それきり戻って来なかった。もし、村松とどこかで会うことにしたとしても、普通なら一旦ラウンジへ戻るだろう。

なぜ、彼女はラウンジへ戻らなかったのか。あるいは——戻れなかったのか。

爽香は考え込みながら、パソコンの電源を切った。

14　視線

「どういうことなんだ！」

エレベーターを降りると、戸畑はその怒鳴《どな》り声を耳にして、足を止めた。

「何度も注意したじゃないか！　一度言われてどうして直らないんだ」

「すみません」

何を叱られているのか、ウエイトレスが二人、桜井に怒鳴られて首をすぼめている。

「今後くり返すようだと、君らの仕事も誰か他の人間に回るかもしれないぞ」

「気を付けます」

二人のウエイトレスは、頭を下げて戻って行った。

「桜井」

と、戸畑は声をかけた。

「あ、戸畑さん」

「何かあったのか？」

「いえ、大したことじゃ……。でも今の若い子は、一度言ったぐらいじゃ応《こた》えないんですよ」

戸畑は苦笑して、

「お前も、入ったころは同じミスを何度もやってたぞ」

と言った。「ともかく、こういうお客の耳に届く所で、ああいう声で叱るのはよくないぞ」

「ですが、そのときに叱らないと……」

「お客から見えない所に連れて行って言うんだな」

戸畑がそう言うと、桜井はちょっと顔をしかめて、

「戸畑さん、僕には僕のやり方があるんです。口出ししないで下さい」

と言い捨てると、さっさと行ってしまった。

戸畑は愕然《がくぜん》として、桜井の後ろ姿を見送っていた。――あいつがあんな口をきくのを、初めて聞いた。

今、桜井は戸畑の元の肩書をもらっている。

確かに、戸畑はもう桜井にあれこれ言う立場にはないが、先輩として、できる限りのことは伝えて行きたいと思っていた。

しかし、もう桜井には戸畑に何か言われるのが、うるさく聞こえるらしい。

「こんなことが……」

と、戸畑は呟いた。「やれやれ」

もう、ホテルKの中に、戸畑の居場所はなくなりつつあった。

同僚たちも、戸畑と親しくしていると自分のクビが危い、と思うらしく、段々声もかけず、エレベーターで一緒になっても、視線をそらすようになっていた。

何十年も一緒に働いて来たことが、嘘のようだ。

「——お父さん」

その声にびっくりして、

「愛衣か。——どうした」

「うん。学校の帰り」

愛衣は鞄《かばん》をさげていた。

「もうそんな時間か。お前……どうだ。たまにゃ、晩飯、食べて帰るか」

「お母さんが仕度してる」

「ああ、そうだな」

と、戸畑は微笑んだ。

「でも、ケーキぐらいなら食べてもいい」

と、愛衣は言った。

ラウンジで、二人でケーキを食べながら、

「岡野さんって、死んだのね」

と、愛衣は言った。

戸畑が手を止めた。

「お前、どうして……」

「私、一度会って話したこと、あるの」

「岡野君と?」

「うん」

愛衣は、戸畑のアパートで岡野道子を見かけたことから、説明した。

「——そうか」

戸畑は肯いた。

「何も聞かなかった?」

「ああ。何も言ってなかったな」

「でも——いい人だね。私の話を、凄く真剣に聞いてくれた。私のこと、子供扱いしないで」

「そうか」

戸畑は娘の話を聞くと、胸が熱くなって来た。「——そう言ってくれて嬉《うれ》しいよ」

「殺されたって、TVのニュースで見て、びっくりした。犯人、まだ分らないの?」

「ああ、今のところな」

「あんないい人、殺すなんて」

と、愛衣は悔しそうに言った。

「――あ、ごめん」

愛衣の鞄でケータイが鳴った。

「お母さんだ。――もしもし」

愛衣は席に座ったまま出ると、「ううん、今日はクラブないの。今、お父さんと一緒にケーキ食べてる」

戸畑はコーヒーカップを持つ手を止めた。

「――え？ ホテルKだよ。ね、お母さん、ここへ来ない？ 久しぶりで、ここの中華、食べたい」

「おい……」

愛衣はニッコリ笑って、「うん！ じゃ待ってる」

「お母さん、仕事の帰りにここに来るって」

「そうか、一緒に食べるって？」

「うん。お父さん、おごってくれる？」

「ああ、もちろんだ」

「やった！」

愛衣が笑顔で言った。

戸畑は、妙にワクワクした気分になっていた……。


「爽香おばちゃん」

綾香が立ち上って手を振る。

「大丈夫なの？　高須先生の方は？」

と、爽香は病院の地階の食堂で、椅子を引いて座ると、「何か食べる？　お昼は食べたの？」

「うん……。ちょっとパンかじった」

「だめよ、まだ若いのに、そんなんじゃ」

と、爽香は言った。「ラーメンでも食べよ。ね、一緒に」

「うん！」

綾香もお腹を空かしていたのだと、爽香には分った。少しでも食費を切りつめなくてはいけない、と思っているから、つい我慢してしまうのだろう。

実際、爽香が半分も食べない内に、綾香はきれいに食べ尽くしてしまった。

「綾香ちゃん。大変だとは思うけど、三人ともまだ育ち盛りよ。ちゃんと食べないと」

「私はもう二十三だもん。ダイエットしてもいいよ」

「だめだめ。今そんなことしてたら、後でどこか悪くする」

「でも、おばちゃん……」

と、綾香は少し考え込んでから、「瞳はもう今度六年生よ。涼も高校で、大学受験するかどうか、先生に訊かれてる」

「もう?」

「私には黙ってるんだ。でも、この間、同じクラスの子のお母さんとスーパーで会ったの。『お宅はもう出した?』って訊かれて。涼には言ってないけど」

「そう」

「たぶん、あいつ……就職するって言うと思うんだよね」

「そうね」

「でも——本人は大学行きたがってる。分るの。何とかしてやりたいと思うけど……」

それは母親の悩みだ。爽香はそんな綾香を見ているのが辛かった。

「——お母さんはどう?」

と、爽香は話を変えた。

「うん。病院の食事はずいぶん食べるようになった」

「それなら良かったわ。お父さんとは顔合せたの?」

「どっちもいやがってる。でも、その内、いやでも廊下とかで会うと思うんだけど」

兄、充夫は畑山ゆき子が来てくれているので喜んでいる。しかし、則子にしてみれば面白くあるまい。

「そうだ」

と、綾香は思い出したように、「昨日、ゆき子さんがね、お父さんの所に食べるもの、持って来たんだけど、そのとき、別にしたタッパーにね、作ったおかずを入れて、お母さんの所に持ってったの」

「まあ」

「お母さんも、文句も言わずに素直に受け取ってたよ。後で私に回してくれたけど」

「則子さんも、色々苦労したから変ったのよ」

「だといいけど……」

綾香はまだ母親を充分に信じ切れていない様子だ。それも無理はない。

爽香は立ち上ると、

「ごめん、綾香ちゃん。急ぎの仕事、思い出した。お父さんによろしく言っといて」

「うん……」

綾香は、ほとんど駆けるような足どりで食堂を出て行く爽香を、呆気に取られて見送っていた……。

「まあ、どうしたの？」

玄関へ出て来た母、真江はびっくりした様子で、

「電話もしないで、急に」

「うん、ちょっと……」

爽香は上ると、「夕飯、まだ？」

「だって、まだ早いよ」

居間へ入ると、爽香はソファにぐったり座り込んだ。

「お前……。疲れてるのね」

と、真江は言った。「今、お茶淹れるからね」

「うん」

真江は、お茶を淹れて来ると、

「何かあったの？」

と、心配そうに訊いた。

「ま、色々ね」

爽香はお茶を一口飲むと、「——お母さん」

「え？」

じっとテーブルに置いた湯呑み茶碗を見つめていた爽香は、やがてポロッと大粒の涙をこぼした。

「爽香——」

真江がびっくりする。

「お母さん……。お願い」

と、テーブルに両手をついて、「もう限界なの。お兄さんも則子さんも入院してて、綾香ちゃんももうこれ以上は働けない。うちもこのままじゃだめになっちゃう」

爽香は頭を垂れて、

「ここに綾香ちゃんたちを住まわせて！　それだけでずいぶん助かるの。お母さんには負担かけないから。私、頑張って来たけどもうこれ以上は……」

爽香は両手で顔を覆って、ワッと泣き出した。——真江は呆然としていたが、

「分ったわ！　分ったから、ね、爽香、泣かないで」

と、急いで爽香のそばへ座って肩を抱いた。「ごめんね、爽香。そんなにお前が……。ごめんよ、本当に。母さんが馬鹿だったわ。もちろん、いいのよ。この家はお前の家でもあるんだもの。好きに使って」

「お母さん……」

爽香はグズグズしゃくり上げて、「でも……無理にいやなことを……」

「何言ってるの。孫たちがそばに来るんだもの。お父さんだって喜ぶよ」

「本当に？　構わない？」

ハンカチで涙を拭く。

「ええ、もちろんよ！　明日――いえ、今夜から部屋を片付けるから」

「お母さん……。ありがとう」

爽香は母の肩に顔を埋《うず》めた。

「さあ……。もう泣かないで。お前が泣くとこなんか、何年ぶりに見たかしら」

「ひどいわね！　お父さん死んだとき、泣いたよ」

と、爽香は抗議した……。

実家を出て、爽香は病院へと再び向いながら、ケータイで明男へかけた。

「――そういうわけで、綾香ちゃんたちの引越し、手伝ってね」

「分った」

と、明男が言った。「お母さん、気が変ったのか」

「私が説得した」

「そうか」

「涙でね」

「涙？」

「これから病院に寄って帰る」

「分った。みんなによろしく」

爽香は足どりを速めた。

赤信号で足を止めると、ホッと息をついて、

「やっちゃった」

と呟いた。

思いのままに泣ける、というのは、爽香の「隠し技」なのである。学生時代から、いざってときには使って来た。

今日は久しぶりだったので、不安だったが、

「腕は鈍ってない」

うん、と肯いて、爽香は信号が青になると、急いで横断歩道を渡って行った。

15　揺れる心

中華の味は、まだそう落ちていない。

戸畑は久しぶりで、元の妻、守田亜由子と娘の愛衣と三人で食事しながら、少しホッとしていた。

調理人のトップはもう他のホテルへ移っていたが、弟子《でし》に厳しく仕込んでいたので、何とか味を保っているのだ。

「おいしいね」

と、愛衣は笑顔で、「お母さん、前からここの回鍋肉《ホイコーロー》、大好きだったよね」

「そうね」

と、亜由子も微笑んで、「味つけがちょうど私に合うの」

「ま、今の内に食べに来てくれて良かった」

と、戸畑は言った。

亜由子には、あえて今のホテルの状況を話していなかった。話したところでどうなるものでもない。

「あ、私、焼餃子《ギョーザ》を頼むの、忘れてた」

と、愛衣が言った。「追加していい?」

「まだ入るのか?　よく食べるな」

と、戸畑は笑って、ウエイトレスを呼ぶと追加の注文を入れ、「それからビールをもう一杯くれ」

と、付け加えた。

「あ、それから」

と、亜由子が言った。「赤ワインをグラスで一杯」

「かしこまりました」

戸畑はちょっとびっくりして、元の妻を眺めた。

「お前、ワインなんか飲むのか、最近は」

「ここ三年ぐらいで憶えたの。もちろんグラス一杯以上は飲まないけどね」

亜由子は、カタログ販売の会社に勤めていて、かなりいい給料を取っているはずだ。

「お母さん、部長になったんだよ」

と、愛衣が言った。

「本当か!　大したもんだ」

「部長代理よ。大違いだわ」

と、亜由子は照れている。

戸畑と別れたころは、あまり働く意欲もないようだったが、いつの間にか勤め先で課長になって、戸畑を驚かせたのだ。

確かに、亜由子の印象はずいぶん変った。食事のオーダー一つ取っても、決めるのが早い。言葉の一つ一つに自信が感じられる。

——部長か。俺の方は今失業しようとしているのに。

「ちょっとトイレ」

と、愛衣が席を立った。

亜由子と二人になると、話が途切れる。

ビールとワインが来て、何となく二人はグラスを上げた。

「色々と大変みたいね」

と、亜由子が言った。「体、大丈夫?」

「今のところはな」

と、戸畑はビールを飲んで、「次の仕事が決らない。まあ、すぐに困るわけじゃないが……」

「ここは辞めるって決ったの?」

「ああ。もう今はほとんど仕事もないよ」

「まあ。——あんなに仕事の好きだったあなたが」

「もうここは以前のホテルKじゃない」

戸畑は苦々しく言って、「そんな話はやめよう。せっかく愛衣が楽しんでるんだ」

「ええ」

亜由子はワインを飲みながら、

「私——恋人がいるの」

と言った。

「そうか」

「六つ年下の四十二歳」

「やるな」

「でも、老《ふ》けてて、同い年に見えるわ」

「結婚するのか」

「今はまだ……。愛衣が大学生になったら、考えようと思って」

「おめでとう」

「まだ早いわ」

と、亜由子は言って、ワインをゆっくりと飲んだ。

そうか。その男と付合っている内に、ワイン通になったのだろう。

そういう目で見るせいか、亜由子は輝いて見えた。

「愛衣に言わないでね」

と、亜由子は言った。

愛衣が戻って来る。

「分ってる」

と、戸畑は肯いた。

亜由子は部長代理。俺は失業か。——ずいぶん違ってしまったものだ。

愛衣が席に戻って、

「私もワイン、飲んでみようかな」

「だめよ。まだ十六じゃないの」

「言ってみただけ」

と、愛衣はちょっと舌を出した。

そのとき、戸畑は村松が入って来たのに気付いた。顔が紅潮している。

険しい目つきで店内を見回し、戸畑を見付けた。——戸畑は目を合せないようにして、食事を続けたが……。

「おい！」

村松が戸畑の方へやって来ると、「どういうつもりだ！」

戸畑はため息をついて、

「お客様の前で、大声を出さないで下さい」

と言った。「お話があるなら、外で」

しかし、村松の耳には入っていないようで、

「俺のことを犯人だと言ったのか」

と、村松は言った。「クビになる仕返しか？」

「もうやめて下さい」

と、戸畑は言い返した。

あの夏木という刑事が、村松に話を聞きに来たのだろう。

「俺が岡野道子に言い寄ってると言ったのは貴様だろう！」

刑事の質問に、よほどプライドを傷つけられたらしい。戸畑には、もちろん他のテーブルの客たちがみんな注目していることが分っていた。

そう思うと、村松が興奮すればするほど、戸畑は冷静になった。

「私は事実を話しただけです。身に覚えがなければ、否定すればいいことじゃありませんか」

と、戸畑が言うと、村松は拳を震わせて、

「事実だと？　ふざけるな！　誰があんな女に本気で言い寄るもんか。俺はからかってやっ

ただけだ。どうせクビにするつもりだったんだ」

「村松さん。事情はどうあれ、亡くなった人間に対してその言い方はないでしょう」

「貴様の指図は受けない！　いいか、このままじゃすませないぞ！」

村松が戸畑の胸ぐらをつかんだ。そのとき、愛衣が水のグラスをつかむと、村松の顔に叩《たた》きつけるように水をかけて、

「お父さんに何するの！」

と、叫ぶように言った。

水をかけられて呆然としていた村松は、

「後悔させてやるぞ」

と言い捨てると、店から大股に出て行った。

「――びっくりした」

と、亜由子が言った。「今の人は？」

「このホテルの再建を担当してる男だ」

「あの人が？」

「お母さん。――私、岡野さんって人と会ったの」

と、愛衣がわけを話した。

娘と元の夫の話を聞いて、

「殺されたなんて……。気の毒だったわね」

と、亜由子は言った。「でも、あなた、偉かったわ。昔のあなたなら、取っ組み合いの喧《けん》嘩《か》だわ」

「そうだな」

と、戸畑は微笑んで、「愛衣。――ああいうことは、原則としてはしちゃいけないぞ」

「じゃ、例外は？」

「もちろんある。今夜みたいにな」

と、戸畑は言った。


「じゃ、引越し？」

と、綾香が言った。

「そう。早い方がいいわね。明男が手伝ってくれるから」

と、爽香が言って、「いらない物は処分して、できるだけ身軽にね」

「うん」

玄関から、

「ただいま」

と、声がした。

「お帰り」

「あ、爽香おばちゃん」

涼がニッコリ笑った。

「遅いのね、ずいぶん」

「うん。クラブがあって」

涼はスポーツバッグを足下に置いて、「腹減ったよ！」

「温めるだけよ、もう」

と、綾香は立ち上った。「手洗ってらっしゃい！」

「うん」

「瞳！　ご飯よ」

と、綾香が台所へ立って行く。

「手伝おうか」

「そんな……。じゃ、茶碗、出しといてくれる？」

「はいはい」

爽香は食器戸棚を開けた。

「おばちゃん、食べてく？」

「そうはいかないわ。一応、亭主と子供がいるからね」

「あ、忘れてた」

「こら」

と、爽香は笑って、「――さ、これでいいね。じゃ、私は帰るから」

「うん。ありがとう」

涼がやって来て、

「あれ、おばちゃん、帰るの?」

と言うなり座って食べ始めた。

「こら! がっつくな」

と、綾香が顔をしかめる。「おばあちゃんとこへ引越すからね」

「え? いつ?」

「まだ決めてないけど、近々」

と、綾香は言った。「大分節約できるからね」

「おばあちゃん、急にやかましくなって、血圧上りそう」

と、涼は言った。「――遅いぞ」

瞳がやって来て、

「お兄ちゃん、もう食べてるの? 太るよ」

――爽香は、三人の食事する姿を眺めて、少しホッとした。

父も母も入院している三人の子供たち。しかし、雰囲気は明るい。自分たちが「不幸」だとは少しも思っていない。

「――涼」

と、綾香が言った。「おばあちゃんのところへ引越せば、少し余裕できるから」

「――だから？」

「大学、行きな。お姉ちゃん、何とかするから。ね？」

涼がびっくりしたように姉を見る。

爽香は、綾香の方へちょっと手を上げて、そのまま玄関へ出た。

爽香は涼の母親ではない。涼のことに口を出すのはやめよう。

――外へ出ると、北風が強く吹きつけて来た。

今日はもう帰ろう。珠実が待ってる。

やっと二つになった珠実だが、立派な存在感を持っている。

ケータイが鳴った。

「――もしもし」

「もう帰れるのか？」

と、明男が言った。

「今帰るとこ。仕事？」

「もう帰ってる。今日は早かったんだ」

「あ、珍しい」

「今、珠実に昨日のうどんやろうとしてるんだ。大丈夫だろ?」

「大丈夫よ。でも、短く切ってね」

「分ってる」

「よろしく」

爽香は、ずいぶん身軽になった気分で、夜道を歩き出した。

タクシーがマンションの前に着くと、

「ほら、愛衣、着いたわよ」

と、亜由子は娘を揺った。

「うーん……」

愛衣はすっかり眠り込んでいる。

「しょうがない奴だ」

と、助手席の戸畑が笑って、「よし、俺がおぶって行く」

「でも――」

「大丈夫。玄関で下ろして帰るさ」

戸畑は料金を払うと、後ろの座席から愛衣を下ろして、背中におぶった。

「重くなったな、こいつ」

「起きてるときにそんなこと言ったら、けとばされるわよ」

と、亜由子は言って、愛衣の鞄を手に取った。

「鍵を開けてくれ」

「ええ」

亜由子は先にマンションへ入った。

——ここは、別れた後に亜由子が買ったマンションなので、戸畑はほとんど知らない。

「しっかりしたマンションだな」

と、エレベーターの中で言った。

「そうね。まだ建って五年。前の持主は急に海外へ行くことになったの」

「大したもんだ」

エレベーターを降り、亜由子が足早に自分の部屋へ。鍵を開けて、

「ドア、押えとくから」

「ああ」

玄関へ入ると、「——どうする？　ベッドまで運んでくか」

「じゃあ……お願い」

愛衣をおぶったまま、戸畑は靴を脱いで上ると、

「こっち」

亜由子について行って、愛衣の部屋へ入る。

ベッドの上に、そっと愛衣を下ろすと、

「起さないと、制服がしわになるぞ」

「ええ。起すわ」

「じゃあ……」

戸畑は玄関へ戻った。靴をはこうとしていると、

「あなた」

と、亜由子が言った。「休んで行く?」

戸畑は少しの間、黙っていた。――亜由子を抱きしめて、押し倒したかった。

「いや、帰るよ」

「そう」

「甘えたら、きりがなくなる」

と、戸畑は言った。「じゃ、おやすみ」

「おやすみなさい」

廊下をエレベーターへと歩いて行く戸畑の背後で、ドアが閉じた。

16　引越《ひっこ》し

「あ、もう時間か」

と、リン・山崎が絵筆を止めた。

「ごめんなさい」

爽香はソファから下りると、「今日、引越しなものだから」

と言いつつ、急いで衝立のかげに入った。

「分ってるよ」

山崎は肯いて、「良かったじゃないか。少し落ち着くだろ」

「だといいんだけど」

服を着ながら、爽香は言った。

——日曜日、前から今日の午後、ヌードのモデルをやると約束していたので、やって来た。

しかし、急な引越しが入ったので、時間を短くしてもらったのである。

「——また改めて」

と、爽香は言った。

「あと二、三回だと思うよ」

と、山崎は言った。

「楽しみにしてるわ」

爽香は衝立のかげから出ると、「じゃ、これで」

「うん」

山崎のアトリエの玄関へ出て、爽香が靴をはいていると、

「旦那は元気？」

と、山崎がブラリと出て来た。

いつも送りに出たりしないので、爽香はちょっと戸惑ったが、

「おかげさまで。今日は活躍してるでしょ。何しろ、荷物運ぶのは商売だから」

「じゃ、気を付けて」

「ありがとう。失礼します」

爽香は足早に出て行った。

山崎は、閉ったドアをしばらく眺めていたが、やがてアトリエに戻って、コーヒーを飲みながら、実際はもうほとんど完成していると言ってもいい爽香の絵を見た。

「まだもう少し」

と言っている間は、律儀《りちぎ》な爽香のことだ、このアトリエへ通って来るだろう。

できることなら、いつまでも爽香の裸体を見ていたかった……。

その絵は、山崎の他の作品と比べても、写実的で、まるで写真のように精密に描かれていた。——爽香には気付かれていないが、山崎にとってこの絵は「作品」ではなく、「個人的な記憶」なのだ。

山崎は椅子にかけて、絵を眺めた。

なぜ言わなかったか。——いや、言わなくて良かったのだ。

山崎はケータイを手に取ると、データフォルダの写真を出して見た。

楽しげに笑い合っている男女。——普通に見れば、恋人同士にしか思えないだろう。

男は、爽香の夫だ。そして相手の女は、三宅舞というのだと山崎は知っていた。

大学生のころから、三宅舞は明男に恋していたらしい。今は結婚しているが、夫の下《もと》へは帰っていないという。

「馬鹿な奴だ……」

と、山崎は呟いた。

自分に向って言った言葉である。

爽香の夫のこと、付合っている女のこと、いくら調べて分ったといって、それで爽香の気持をこっちへ向けられるか。

爽香が心から夫を愛していること。夫の明男もまた、爽香を決して裏切らないだろうということ。

山崎はどっちの気持も、よく承知していた。それでも、時々は夢想する。——爽香が夜中にやって来て、泣きながら山崎の胸にすがる光景を。

「あの人が裏切ってたの」

と、山崎に訴えながら。

そして、

「私、山崎君のことが、ずっと好きだったの……」

と言って、山崎の腕の中で力を抜く……。

もちろん、そんなことはあり得ない。分ってはいるが……。

山崎は、ケータイの、三宅舞という女性の写真をじっと眺めていた。確かに可愛い。

杉原明男がもし、ごく普通の夫だったら、舞に言い寄られれば心が動くことだろう。

しかし、明男には過去がある。重い過去が。

その過去を共に担って来たのが爽香である。明男は決して爽香を裏切らないだろう……。

山崎はケータイをパタッとたたむと、

「三宅舞か……」

と呟いた。

「おばあちゃん！」

真先《まっさき》に玄関を開けて中へ飛び込んだのは、瞳だった。

「あら、いらっしゃい」

真江がタオルで手を拭きながら出て来る。

「涼ちゃんは？」

「今来るよ」

と、瞳は言った。「お腹空いた、って騒いでる」

「あらあら。お昼、食べてないの？」

「お義母《かあ》さん、どうも」

明男が入って来て、「荷物、運び入れてもいいですか」

「ええ。しっかり掃除したから」

と、真江は肯いて、「お昼は？」

「ハンバーガー、買って食べたんだけど、涼ちゃんは物足りないみたいで」

「いくらでも食べられる年ごろよね」

と、真江は笑って、「ピザでも取りましょうか。きっと一番早いわ」

「すみません。じゃ、お願いします」

そこへ、綾香がジーンズ姿で入って来た。

「いらっしゃい」

「おばあちゃん……。よろしく」

と、綾香が頭を下げる
「何してるの！　遠慮なんかしてないで、入りなさい」

明男は、

「トラック、前につけます」

と、出て行こうとした。

「爽香は？」

「出かけましたけど、追っつけ来ると思います」

「そう」

真江は玄関に下りて、荷物を運び込む邪魔にならないように、靴やサンダルを傍へ寄せた。

「おばあちゃん！　私の部屋、どこ？」

と、瞳が待ち切れない様子で訊いた。

「二階へ行ってごらんなさい。ドアにちゃんとお名前がついてるわ」

「やった！」

瞳がバタバタと階段を上って行く。

「ちょっと！　落っこちないでよ！」

と、綾香は怒鳴って、「――おばあちゃん、私たちがわがまま言って、ごめんね」

「そう大邸宅じゃないから、あなたは瞳ちゃんと一緒ね。涼ちゃんは受験があるんでしょ。一人の方がいいだろうと思って」

「無理しないでね。――爽香おばちゃんには、本当に勝手ばかり言ってる」

「ともかく、荷物を中に。明男さん一人で大丈夫？」

「会社の人が二人、手伝いに来てくれてます」

「良かったわ。珠実ちゃんは？」

「爽香おばちゃんが、用事終ってから連れて来るって」

ともかく――引越しは大騒動である。

しかし、さすがに運送が本業の明男たちで、手順も手ぎわもいいから、大物のタンスや机などがどんどん所定の場所に納まっていく。

段ボールを残して、大物を運び込んだところで宅配のピザが来て、みんなでつまむ。

「――こんにちは！」

玄関で元気な声がして、爽香が珠実を抱っこして現われた。

「早かったな。もういいのか？」

「うん。――あ、ピザ、おいしそう！」

「食べろよ。どうせ、昼、まだだろ？」

「うん」

爽香は珠実を母に預けて手を洗いに洗面所へ。

戻ろうとしたとき、車のクラクションが聞こえて、足を止めた。——もしかして、引越しのトラックが邪魔で通れない車かもしれない、と思った。

サンダルを引っかけ、玄関から出てみると、別に車もいない。

肩をすくめて戻ろうとすると、また少し遠くでクラクションが鳴った。

「何なのよ……」

と、道へ出て見回すと——。

少し先に停った車の窓から手を振っているのは、何と中川だった。

爽香はあわてて駆けて行った。

「何してるんですか、こんな所で！」

「——引越しなんだろ」

と、中川は澄まして言った。

「どうして知ってるんです？」

「さあな」

と、中川はとぼけた。

「まさか私の家に隠しマイクなんか仕掛けてませんよね」

「その手があったか。俺はそういう細かいことは苦手だ」

「全くもう……。家の者が変に思いますよ」

「特に用はない。差し入れだ」

「え？」

中川は大きな紙袋を取り出した。

「──何ですか？　ドーナツ？」

「ああ。甘いもんはエネルギーになる」

と、中川は言った。「毒は入ってないぜ」

「じゃあ……。ありがたくいただきます」

と、爽香は受け取った。

「あんまり無理するなよ」

中川は真顔で言った。「アトリエで風邪ひかなかったか？」

「え？」

「ヌードモデルで、いくらもらってんだ」

「中川さん……。どうして、そんなこと──」

「心配するな。絵が売りに出たら買おうかと思ってるだけだ」

「売りません」

「お前が描いたわけじゃなかろう」

「それでも、売りません！」

「またな」

と、中川は言った。「また殺しがあったな。お前は本当にいい運勢をしてるぜ」

「ホテルKの岡野さんのことですか」

「あのホテルをめぐっては、色々あるらしい。あんまり係り合わないことだ」

「ご忠告、どうも」

「じゃ、頑張れ」

中川の車はたちまち見えなくなった。

「変な奴！」

と呟いて、「ドーナツなんて……。誰にもらったことにすりゃいいの？」

ため息をついて、爽香は家へと戻って行った……。

17 流出

「戸畑さん」

呼ばれて振り返ったものの、

「何かご用ですか」

と、ていねいな口調で訊いたのは、いささか皮肉というものだった。

「勘弁してくださいよ」

と、桜井はちょっと上目づかいになって、「この間は――生意気な口をきいて、すみませんでした」

「反省してるか」

「してます」

「それならいい」

と、戸畑は言った。「自然に貫禄がついて、偉そうにするならともかく、肩書だけで中身が伴わんのに威張るのはみっともないし、下の者がついて来ないぞ」

「はあ」

桜井は冷汗《ひやあせ》をかいていた。

「で、何か用か」

「はい、それが……」

桜井はちょっと周囲を見回すと、ロビーの奥へと戸畑を連れて行った。

「――どうしたんだ？」

「さっき、〈P物産〉の木村《きむら》様からお電話があって」

「ああ、あの方か」

「戸畑さんが宴会担当でないと知って、びっくりされてました。それで、Sプラザホテルから、四月のパーティをぜひうちで、と言って来たそうで」

〈P物産〉は、毎年四月にこのホテルKで大きなパーティを開く。木村はその担当で、戸畑と十年以上の付合だ。

「そうか。まあ、向うのホテルの営業がやってることだろ」

「そうでしょうが、木村さんに直接電話して来たというんです。それもケータイに」

「ケータイに？」

「ええ。しかも、『ホテルKより五、六パーセントは安く上げます』と言って、こちらの料金の明細まで知ってたというんですよ」

「そいつは妙だな」

「木村さん、『おたくの情報が流出してるんじゃないのか』って、心配されて」

「情報流出か……」

戸畑は少し考えていたが、「ちょっと待ってろ」

と、ケータイを取り出した。

〈P物産〉と同様、毎年夏に大きなパーティを開いてくれる企業の担当者へかけてみる。

「――ホテルKの戸畑でございます。いつもお世話になりまして――」

話している内に、戸畑の表情は厳しくなって来た。

「分りました。ありがとうございます」

と、通話を切った。

「戸畑さん……」

「同じだ。今こっちへかけようと思っていたそうだ。うちの料理のレシピまで知っていたってことだ」

「他のホテルがですか？」

「うん……。はっきりしてるな。誰かが、うちのデータを持ち出してる」

「でも、こうなってからは、あの村松さん以外の者はほとんどデータに手をつけられないと思いますが」

「辞めて行った人間も大勢いるぞ」

「ですが……」

「村松が流出させてる？　しかし、どんどんこのホテルの経営状態を悪化させるだけだろう」

「そうですね。再建になりませんよね」

「しかし、待てよ」

戸畑が考え込んだ。——Sホテルで村松は外国のホテルチェーンの幹部と会っていた。

もしそれが……。

桜井が腕時計を見て、

「すみません！　会議があって」

「ああ、行ってくれ。——今の話、誰にも言うな。俺が当ってみる」

「分りました」

桜井が急いで行ってしまうと、戸畑は少し考え込んでいたが、やがて、

「どうせ暇だ……」

と呟くと、宴会場のフロアへと向った。

「いらっしゃいませ」

という店員の声に、少しぼんやりしていた舞は、入口の方へ目をやった。

「――そこがいい」

一見して、芸術家風というスタイルの男性が、舞から少し離れたテーブルについた。

「カフェオレを」

と、オーダーすると、テーブルにスケッチブックらしいものを置く。

画家かイラストレーターか……。大方、そういう職業だろう。

舞のケータイに、メールの着信音があった。取り出して見ると、母からで、

〈舞ちゃんへ。お父さんの具合が良くないので、一度顔を見せて〉

とある。

少し迷ったが、

〈今夜行く〉

と、返信しておいた。

もともと血圧の高い父である。しかし、具合が悪い原因の一つは自分に違いないと思うと、舞も辛い。

夫、笹原との離婚の話し合いも進んでいない。笹原は別れたがってはいないし、舞としても、自分の方に非があるというひけ目があって、話を進めにくいのである。

しかし――どうしても、笹原の所へ戻る気にはなれない。いくら明男を愛していても、そ

の思いが叶うことはないとは分っているのだが、そう分っていればなおのこと、諦《あきら》め切れない。

舞は今一人で暮している。いつまでも遊んではいられない。仕事を見付けて、自立しようと思っていた。

「――コーヒー、もう一杯」

と頼んで、ふとあの「画家」風の男性を見ると、目が合った。

スケッチブックを開いて、何か描いている様子だ。手慣れた感じで、鉛筆が走る。

――私を描いてる？

舞はちょっときまり悪くなって、反対の方へ顔を向けてしまった。

コーヒーが来て、飲んでいると、

「失礼」

いつの間にか、その男性がスケッチブックを手に立っていた。

「はあ」

「無断で申し訳なかったんですが、あなたを描かせていただきました」

「そうですか……」

「お詫びに、このコーヒーはおごらせて下さい」

「そんなこと……。別にプロのモデルじゃないんですから」

と、舞は言った。「もし良かったら——見せていただいても?」

「簡単にスケッチしただけですが」

「拝見したいですわ。自分がどう描かれているか」

「それじゃ……」

スケッチブックを受け取った舞は、ページをめくった。そして——手が止った。

そこに、舞自身がいた。もの思いにふける横顔。——あんなに短い時間で?

しかも、そこには舞の「感情」さえ描かれていたのだ。そういうつもりで見ているせいではない。

もの憂《う》げで、ため息さえ聞こえてくる。

「あなたは……どなた?」

と、舞は訊いていた。

「僕はリン・山崎といいます。よろしく」

「まあ!　あの、——リン・山崎さん?」

「ご存知ですか」

「もちろん!　そうだったんですか」

舞は、もう一度「描かれた自分」を眺めて、「普通の絵じゃないですよね」

「ただのスケッチです」

「いいえ。――どうして私の気持がお分りに？」

「それは……。僕には分りませんよ。ただ、人間、気持というものは、表情や仕草や、ちょっとした首のかしげ方や……。そういう外見に表われるもんです」

と、山崎は言った。「僕はその外見を写し取っただけですよ」

「でも――すばらしいわ」

舞は、じっと「描かれた自分」を見つめていた。

「よかったら差し上げますよ」

「え？　でも、あなたのように有名な方の絵を――」

「これはスケッチです。本当に絵に描くとしたら、このスケッチをもとにして描きます」

「では……いただいてしまったら、私の絵を描いてはいただけないってことですね」

「絵を描くには、やはり少しはその人を知らないと。――僕にその機会を与えてくれますか？」

舞は山崎を見つめて、

「それって……。私を誘って下さってるんですか？」

「まあそうです」

と、山崎は微笑んで、「でも、ナンパしてるわけじゃありませんよ。とりあえず、食事でもいかがです？」

「あの……私……」

と、舞はちょっと口ごもったが、改めて真直《まつす》ぐに山崎を見て、「私——結婚してるんです。それと、好きな人がいます。夫ではありませんが」

「なるほど。——今聞いただけでも、充分ドラマがありますね」

「色々……ややこしいことがあって」

「その『ややこしいこと』、ぜひ伺いたいな」

舞はちょっと笑って、

「それって、ただの週刊誌的興味？」

「それも好奇心の一種です。好奇心は大切ですよ。創作の原動力です」

「あなたがそう言うと、特別のことのように聞こえますわ」

「どんな恋でも、当事者にとっては特別ですよ」

山崎は自分のカフェオレを飲んで、「今夜食事でもいかが？」

と言った。


中学校からの帰り道、村松真弓は本屋さんに立ち寄った。

文庫本の棚の前で足を止めると、作者名を眺めて行く。——真弓は本好きである。

もちろん、今は以前ほど好きな本を買うわけにいかない。前は、本代はおこづかいと別に、母がくれていたのだが。

真弓は、もちろん近くの公立中へ通っている。前の私立校とは違って、色んな子がいるが、それも面白いと感じられた。

仲のいい子も二、三人できて、学校に行くのも苦でなくなった。

制服がないので、自分の好きなものを着て行く楽しみがある。――もともと、真弓は服をかなり持っていたから、当分クラスでは、

「お洒落《しやれ》な奴」

と見られるだろう……。

「あ、お母さん」

本棚の隙間に、チラッと母、香子の姿が見えた。――買物の帰りかしら？

真弓は、広い書店の中、香子を捜して歩いて行った。

「もしもし」

香子の声だ。真弓が足を止めたのは、その口調がいやに内緒めかしていたからで、

「――誰にも言わない約束ですよ。――ええ、分ってます」

母がこんな話し方をするのを、初めて聞いた気がした。

「ちゃんと実行して下さいね。約束を守ってくれなかったら、私にも考えがありますから」

母の口調は、どこか凄みさえ感じられた。

真弓は、本棚のかげに後ずさった。

聞いてはいけないことだったのか……。

香子が、ケータイをしまって雑誌のコーナーへと歩いて行く。

真弓は、ちょっと息をととのえて、

「お母さん！」

と、できるだけ明るく声をかけた。

「まあ、真弓。——もう帰り？」

「うん。近いと、通うのは楽だね」

「そうね」

と、香子が、やっといつもの母らしい笑顔になる。「何か買ったの？」

「どうしようか、迷ってる」

「お買いなさい。本は必要よ。お母さん、払ってあげる」

「やった！　サンキュー」

真弓は文庫本を二冊選んで、持って来た。

香子は女性誌と文庫本を一緒にレジに出した。

その様子は、いつもの母と少しも変らないように、真弓には思えたのだった……。

18　秘密の影

「ああ、爽香さん」

畑山ゆき子が病室にいた。

「どうも。――兄は？」

「充夫さんは今検査です」

「どこか問題が？」

「いえ、そういうことじゃないみたい。リハビリは結構頑張ってます」

「そうですか。ゆき子さんのおかげね」

と、爽香はお菓子の箱を置いた。「ナースステーションには同じものを置いて来ました」

「すみません。私が大したことできなくて」

「とんでもない」

「でも、充夫さん、やっぱり則子さんが入院しているので、張り切ってるようです」

「そんなこと言ってるんですか？」

「口に出しませんけど、見てると分ります。たぶん――奥さんの前で、みっともない姿を見せたくない、っていう気持があるんじゃないですか」

「あ、そうか」

と、爽香は笑って、「理由はどうでも、リハビリが進めば結構だわ」

「お茶でも」

「いえ、いいんです。会社へ行くから、そう長くいられませんし」

朝の内の方が、こうして顔を出しやすい。ゆき子も、娘の泉がまだ小学二年生なので、午後遅くまでいられないのである。

「則子さんの顔も見て行きましょ」

と、爽香が言った。

すると、ゆき子が、

「あのね、爽香さん」

と、少し小声になって、「昨日のことなんですけど……」

「ええ」

「ちょっと……」

爽香とゆき子は病室を出ると、廊下の奥の休憩所へ行った。

「――昨日、リハビリ室に則子さんがみえたんです」

と、ゆき子は言った。「充夫さんがリハビリしているのを、一緒に眺めてたんですけど……」

則子がちょっと笑った。そばにいたゆき子にしか分らない小さな笑いだった。

ゆき子がチラッと見ると、則子は、

「ごめんなさい」

と言った。「別にあの人がおかしくて笑ったんじゃないのよ」

「ええ……」

「ただ――あの人が、あんなに一生懸命何かをやってるところって、見たことなかったような気がして。それがおかしくってね」

「でも、熱心にやってますわ」

「そうね。――あなたが見ているからだわ」

「奥さんだって……」

「私なんか関係ないわよ。子供たちは別ですけどね」

「綾香ちゃん、ここんとこみえませんね」

「とっても忙しいらしいわ。この間なんか、夜十時ごろ来たけど、パリッとしたスーツ着て、いかにも『秘書』って感じで、ちょっと誰だか分らなかった」

「もう二十⋯⋯」

「二十三よ。──いつの間にか大人になってたわ」

「早いですね。二十三！」

「爽香さんのおかげで、間違った道に入り込むこともなく、生きてくれる⋯⋯。ありがたいわ」

「それは綾香ちゃん自身の努力もありますよ。長女としての責任感と」

「ええ」

則子は肯いて、「ゆき子さん……」

「はい？」

「綾香と涼と瞳……。もしものときは、お願いしてもいいかしら」

ゆき子は当惑して、

「もしものとき、って……。何の話ですか？」

「いえ……。私はあちこち悪いから、そう長生きするとも思えないのよ」

「急に何を言い出すんですか」

と、ゆき子は苦笑して、「私は泉一人で手一杯です！　そんな、あと三人なんて、とんでもない！」

「それもそうね」

と、則子は笑って、「忘れてちょうだい」

充夫が二人の方を見て手を振った……。

「でも、あの言い方、真剣でした」

と、ゆき子は言った。

「そうですか……」

爽香にも気になった。「でも、入院したときに、一応一通り調べてるはずですけどね」

「ええ。ご本人が、どこか悪いと思い込まれているだけかもしれませんけど」

しかし、爽香はどこかスッキリしなかった。

「私、担当のお医者様に話を聞いてみます」

と、立ち上って、「そのまま出社しますから。また明日にでも」

「すみません。お願いします。私の立場じゃ、先生に伺うわけにもいかなくて」

と、ゆき子はホッとした様子である。

「任せて。それじゃ」

爽香はナースステーションへと向った。

「で、結局どうだったんだ?」

と、明男は訊いた。

「こら！　お口から出しちゃだめって言ったでしょ！」

もちろん、爽香が叱っているのは明男でなく、珠実である。

「――少し待って、担当の先生に会えたんだけどね」

三人一緒の夕食は珍しいが、珠実に食べさせていると、自分は食べた気がしない。

「まあ、肝臓《かんぞう》とか胃とか、少しくたびれてて問題はあるらしいけど、それ以外は特に悪いところはないって」

「じゃあ、当人がどこかちょっと痛んだのを深刻に考えてるだけだろ」

「あ、ごめん。おかわり、自分でよそって」

「ああ、もちろん。――だけど入院してられるってことは、治療の必要があるってことなんだろ？」

「それは、病院で倒れたときの打撲。もちろん、栄養失調もあって、点滴入れてるけどさ」

「退院したら、お義母《かあ》さんの所に行くんだな」

「うん……。他に行く所ないからね」

「大丈夫なのかな」

「分んないよ。綾香ちゃんが何て言うか」

「お義母さんは？」

「母とはそのことで話はしてないの。ともかく今まで一人で住んでたのに、突然三人もふえたんだから、母も大変」

「そうだろうな」

爽香は、珠実のオムツを替えると、

「あ、少し眠そうだ」

と、抱っこして、部屋の中をブラブラと歩き出した。

「代ろうか？　もう少し自分も食べろよ」

「もうすぐ寝ると思う」

と、爽香は言って、「――他のことが心配なの」

「他のことって？」

「則子さんのことで。病気でないとしたら、もしかすると、ずっと一緒にいた男のことかもしれない」

「そうか、その可能性もあるな」

「則子さんが男に捨てられて戻って来たのならいいけど、もし、男の下から逃げ出して来たのなら、男が追いかけて来るかもしれない」

明男は肯いた。

「どんな男だったか、分ってるのか」

「訊いてない。話したくないだろうと思って」

「だけど、もしその男がお義母さんの所にでも押しかけて……」

「そうだね。綾香ちゃんたちが巻き添え食うかも。――則子さんと話さないと」

「万一のことを考えて、何か手を打った方がいいかもしれないな」

爽香は珠実を抱いて歩きながら、じっと考え込んでいた……。


「おいしいね」

と、舞はワイングラスをテーブルに戻して言った。

「ワインの味が分るんだね」

と、リン・山崎が微笑む。

「そうじゃないけど……。おいしい、って感じただけ」

「それでいいんだ。本当にワインの味の違いが分る客なんて、ほとんどいないよ」

広くはないが、上品なインテリアのフランス料理の店。山崎は常連らしく、店の主人夫婦と親しげに話していた。

「お料理も、こってりしてなくて食べやすいわね」

と、舞は言った。

「ゆっくり味わってくれ。別に帰り、急がないんだろ？」

「ええ……。一人暮しだから」

「そうそう。君から、その色々な事情を聞きたかったんだ。もちろん、話したくなけりゃいいんだけど」

舞は迷っていた。山崎のことを、ほとんど知らない。その「他人」に、明男のことを話していいものか、決心がつかなかったのである。

「デザートまで待って」

と、舞は言った。

「コーヒーまで待つよ」

と、山崎は肯いた。

食事してると、

「あの……すみません」

大学生くらいの女の子が、おずおずとやって来て、「リン・山崎さんですよね」

「ええ」

「山崎さんの絵が、とっても好きで……。よろしかったら、サインいただけないでしょうか」

「いいですよ。何に書く?」

「あの——この手帳に」

山崎が手早くサインして渡すと、

「ありがとうございます！」

と、女の子は顔を真赤にして、自分の席に戻って行った。

「有名人は大変ね」

「画家の顔なんて、普通は知らないがね」

山崎は少し照れているようだった。

舞は、今の女の子が自分のことをどう思っただろう、と考えた。

「――山崎さん」

「うん」

「私のこと誘って下さって……。嬉しいですけど、私、山崎さんのお役に立つこと、ありますか？」

「役に立つ？　そんなこと……。一人で食べるより楽しいじゃないか。それで充分だろ」

山崎の屈託のない笑顔が、舞の中の迷いを吹き払った。

「私、ある人のことが好きで」

と、舞は言った。「大学生のとき、たまたま知り合った人なんですけど」

「その『たまたま』ってところを、詳しく聞きたいね」

「分りました。――少し長くなるけど」

「この店の閉店は真夜中の十二時だ。それまでに終れば、大丈夫」

「そんなにはかからないと思うけど」

と、舞は笑って、「彼は——明男っていいます。大学生のとき、彼、人を殺したんです」

「へえ……」

「いきなり妙なこと言ってごめんなさい。でも、それって大切なことなんです」

「そりゃそうだろうね」

「順序立てて話しますね」

と言いかけたとき、舞のケータイが鳴った。

「ごめんなさい」

取り出した舞は、「彼だわ。出ていい？」

「もちろん。でも、僕のことは言わない方がいいよ」

「ええ、ちょっと失礼して」

舞が席を立って、ケータイに出ながら、レストランの外へと出て行った。

山崎はグラスに残っていたワインをゆっくりと飲み干した……。

19　デパート

「あやめちゃん」

と、爽香は言った。「午後の打合せ、三時からだったわね」

「そうです」

と、部下の久保坂あやめが振り向く。

「私、ちょっと出て来るから」

と、爽香はバッグを手にして、「二時半くらいには戻る」

「はい。どちらですか?」

「デパート。栗崎様のお祝いの会で差し上げるハンドバッグ、捜しに行くの」

「あ、私、お供しましょうか」

と、あやめは早くも立ち上りかけている。

「いいの。自分の買物もあるから。一人で行くわ」

「そうですか」

あやめは残念そうだ。

「じゃ、よろしく」

爽香はさっさとオフィスを出た。――ぐずぐずしていたら、また何の用で呼び止められるか分らない。

急ぎ足でエレベーターへと駆け込み、扉が閉るとホッとした。

せっかく少しのんびりデパート巡りしようと思ってるのに、ついて来られちゃたまらない！　もちろん、第一の目的は本当に栗崎英子の八十歳を祝うパーティのための買物なのである。

でも、デパートは今食事する所が充実している。爽香はデパートの中で昼を食べようと思って、昼休みはパソコンに向っていた。

――暖い日射しのある午後だった。

デパートまでは十五分ほど。

平日にしては客が多かった。

狙っていたお昼の店は、何人も列を作って待っていた。

「甘く見てたか……」

仕方ない。――レストラン街へ上って、和食の店のランチを食べることにした。

幸いすぐに座れて、おしぼりで手を拭くと熱い緑茶をそっと飲んだ。

「おいしい！」

思わず呟く。

つい、バッグからケータイを取り出しかけて、思い直した。——息抜きのつもりで出て来たのだ。メールのチェックまで必要ないだろう。

さて、栗崎英子のハンドバッグである。

仕事ではほとんど和服を着る栗崎英子だから、和服に合せられるバッグがいい、と決めていた。

どこで捜そう。

呉服売場を、まず覗いてみよう。それから主なブランドを回ってみる。

今、和服の売場は小さくなる一方で、爽香がこのデパートへ来たのは、色々調べて、ここが一番充実していると知ったからだ。

もちろん、売場面積が広ければいいというわけではないので、そこは歩き回って捜す覚悟である。

——可愛いお弁当のランチを食べ、小さな和菓子をつまむ。

腕時計を見ると、二十分しかたっていない。

忙しい毎日の中、ついせかせかと食べるくせがついているようだ。

でも、のんびりはしていられない。

爽香は店を出て、売場を歩いて行った。

「――お客様」

と、後ろから呼び止められ、振り返る。

今の店のレジにいた女性が、

「失礼しました。カードの控をお渡ししていなくて」

と、息を弾《はず》ませる。

「そうでした？　どうも」

自分でも確かめなかった。礼を言って――。

しかし、このとき爽香が気にしていたのは、別のことだった。

振り向いたとき、少し離れた所でピタリと足を止めた男がいたのである。その様子が目についていて、爽香はその男を見た。

目が一瞬合ったが、男はすぐにわきを見て、ブラブラと歩き出した。

誰だろう？

四十歳ぐらいか、ツイードの上着は大分くたびれて見え、どう見ても会社員という雰囲気ではない。

その男は明らかに爽香を尾《つ》けているようだった。

――爽香は呉服売場へ行って、バッグの棚を見て回った。

派手めの物が多い。栗崎英子の好みではない。

「他を当るしかないか……」

と呟く。

チラッと目をやると、さっきの男が、手持ちぶさたにぶらついているのが見えた。

やはり爽香について歩いている。

用心しながら、爽香は一旦下りのエレベーターに乗って一階へ下りた。

ヴィトンだのプラダだの、主なブランドの売場が一階に並んでいる。

着物に合ったバッグはなかなか見当らないが、それでも諦めることなく、次々と見て回った。

そして、ウインドウのガラス越しに見ると、あの男が遠く傘の売場を歩いているのが目に入った。

爽香は気になったが、何しろこの人出の中である。危険はあるまい。

——誰だろう？

これまでも、色々事件に係って来ているから、どこか思いがけないところで恨みを買っていないでもないが……。

「何かお捜しでしょうか」

と、店員に声をかけられて、我に返ると、

「ちょっとハンドバッグを」

と言った。「プレゼントなんですけど、和服に合うような物がいいんです」

「和服でございますか。失礼ですが、ご年輩の方でいらっしゃいますか」

「ええ、そうですね。――デザインは大体この辺ですか」

ともかく、今日は見て回って、これというのがあるかどうか、捜してみることだ。

「――少し歩いてみます」

と言って、爽香はそのブランドのショップを出た。

チラッと目をやると、男の姿は見えなくなっている。しかし、きっとどこか近くにいるのだろう。

二つ三つ、各ブランドの売場を回ったが、もう一つピンと来ない。

「――またお待ちしております」

と言う店員の声に送られて、アクセサリーのコーナーへと出て来た爽香は、ふと思い付いて、ケータイを取り出し、めったに使わない「カメラ」モードにすると、背の高い棚の間へと入って行った。

小柄な爽香は、棚で見えなくなる。あの男が爽香を遠くから見張っていたとしたら、姿が見えなくなって焦るだろう。

棚の間を素早くすり抜けて、柱のかげに身を寄せた。少し待って、そっと覗いてみると、やはりあの男がやって来て、キョロキョロと周囲を見回していた。

爽香はケータイを持つ手を少し出して、男の顔を撮った。――大丈夫。少しぼやけているが、一応どんな男か分るくらいには撮れている。

これ以上つきまとわれるのもいやだったので、爽香は足早に階段で地下へ下りると、食料品売場から地下道へ抜けた。

少し待ってみたが、男の姿は見えなかった。

爽香は地下鉄の駅へと足を向けた。


病院の駐車場に停った車から、河村太郎《たろう》が降りて来た。

爽香はすぐに駆け寄った。

「やあ」

「河村さん、突然すみません」

「いや、大丈夫」

二人は病院の中へと入って行った。

「――則子さんは?」

「今は病室に。そろそろ退院しなきゃいけないみたいですけど」

と、爽香は言った。

エレベーターに乗ると、河村が言った。

「君の話は分ったが、その男が本当に則子さんを追いかけて来たのかどうか、確かめないとね」

「河村さんに同席してもらいたいの」

「それはもちろん、構わないよ。ただね……」

と、口ごもっている間に、エレベーターが停った。

「——ああ、爽香さん」

則子はベッドに起き上って、ハガキを書いていた。

「今日は顔色いいわね」

「おかげさまで。——河村さん？」

「久しぶりだね」

則子はちょっと不安そうな表情になった。

「私もあんまり時間ないんで」

と、爽香は言ってケータイを取り出すと、「この写真、見てくれる？　知ってるかしら、この男」

デパートで撮った男の写真を出して見せた。

則子の顔からサッと血の気がひいた。

「――やっぱりね」

爽香は肯いた。「この男と暮してたのね」

「どこでその写真――」

「デパートで、私の後をついて来てたの。ああ、ここは大丈夫よ。ここを知ってれば、私を追い回したりしないでしょう」

則子は、しかし、ため息をついて、

「どこまで逃げても、きりがないんだわ……」

と、呟くように言った。

「そんなことはないよ」

と、河村は力づけるように、「この男、名前は？」

「久保《くぼ》――充夫《みつお》です」

「何をしてる男だい？」

と、河村はメモを取りながら、「それと、どこにいるか、見当がつけば」

「どこかしら……。爽香さん、ごめんなさい。一緒に暮してる間に、ついあなたのことを話してしまったかもしれない」

「分ってるわ。いいのよ。当然のことだわ」

爽香は則子の手を握ってやった。

「迷惑はかけないつもりだったのに……」

「でも則子さん、もう姿を消したりしないでね。ここはきちんと決着をつけた方がいいわ」

爽香は強い口調で言ったが、則子はほとんど聞いていないようだった。

「この久保ってのは、どういう男だい？」

と、河村が訊く。

「私が知った時は、どこかの営業マンだと言ってました。でも——お客のお金を使い込んだとかで、私に一緒に逃げてくれ、と……。今思えば、あれも作り話だったかも……」

則子は胸を押えて、「すみません……。ちょっと苦しくて……」

「待ってて」

爽香は急いで廊下へ飛び出すと、近くの看護師を呼んだ。

——幸い、痛みは精神的なストレスから来たものだと分ったが、とりあえず則子にそれ以上話を聞くのは諦めざるを得なかった。

「久保充夫か。——君の兄さんと同じ名だな」

「そうね。——気が付かなかった。本名かしら？」

「どうかな」

と、河村は首を振って、「ともかく、この名前で当ってみよう。前科でもあれば、分るだろう」

「ごめんなさいね、無理言って」

「なに、君にはずいぶん世話になってるからね」

と、河村は微笑んだ。

病院の正面玄関へと向いながら、

「爽子《さわこ》ちゃん、頑張ってる？」

「うん。——今、ウイーンに留学したら、って話が出てるんだ」

「まあ」

「当人は『今は留学なんかしなくてもいい』って言ってるけど。もちろん、経済的には大変だ。でも、当人が行きたいのなら……」

「焦ることないわ。じっくり考えて決めれば。——布子《きぬこ》先生ともずいぶん会ってない」

と、爽香は言った。

「みんな、それぞれに忙しくなる。なかなか会えなくても仕方ないよ」

「そうですね……」

「僕は車で来てるんだ。送ろうか？　会社へ帰るんだろ？」

「でも——申し訳ないわ」

「どうせ通り道だよ」

爽香は、河村の言葉に甘えることにした。しかし、それだけではない。河村が何か話したがっているように思えたのである。

——車が走り出すと、

「皆さん、変りありません？」

と、爽香は訊いた。

「うん、まあね」

爽香はちょっと微笑んで、

「何か心配ごとがあるのね。——図星でしょ」

河村は苦笑して、

「君にはかなわない」

と言った。「みんな元気だ。それは本当だよ。——志乃《しの》も、定期的に検査してるが、今のところがんは再発してない」

「良かった。あかねちゃん、まだ九つでしょ？　長生きしなきゃね」

「うん」

河村は赤信号で車を停めると、「実はね——達郎《たつろう》がこのところ学校へ行ってないんだ」

思いがけない話だった。

「達郎君、今——中二？　十四歳よね。難しい年ごろだわ」

「確かにね。布子も心配してるが、今学校の方が忙しくて、なかなかゆっくり達郎と話せないんだ」

爽香は少し考えていたが、

「河村さん。爽子ちゃんのこと、気を付けてあげてね」

「あの子は大丈夫。ヴァイオリンは順調だからな。その留学の話の他には……」

「いいえ」

と、爽香は首を振って、「爽子ちゃんには、自分が特別大事にされてる、って思いがいつもあるの。弟の達郎君がどう感じてるか、いつも気にしてる」

「君にそんな話を?」

「されなくても分るわよ。そんな風に、達郎君が学校へ行かなくなったりしたら、爽子ちゃん、きっと自分のせいだって思う」

「そうか……」

「だから、達郎君のことだけじゃなくて、爽子ちゃんも常に話に加わらせてあげて。本人がきっとそう望んでるはずよ」

爽香の言葉に、河村はやや厳しい表情で肯いたのだった——。

20　真実の扉

「そうですねえ……」

そのバーテンダーは、困った様子で、ため息をついた。

「頼む。本当のことを聞かせてくれ」

と、戸畑はくり返した。「人一人死んでるんだ。そこをよく考えてくれ」

バーテンダーは、昔戸畑がホテルKで仕込んだ男だった。Sホテルに移って、ホテル内のバーで働いていた。

その帰りを待って、戸畑は話し込んだ。

「君から聞いたことは決して公《おおやけ》にしない。信じてくれ」

戸畑の言葉に、

「分りました」

と、小針《こばり》というバーテンダーは言った。「いや、私も気にはなってたんです。あの女性が殺されたとニュースで知って」

「あのとき、村松と岡野道子はどんなことを話してた?」

と、戸畑は訊いた。

「詳しいことは分りませんが……。バーではそう長く話してなかったんで」

「聞いた範囲でいい」

「何しろ、あの岡野さんって女性、かなり怒ってましたね。こっちが止めに入る気にもなれなかったくらいで」

と、小針は言った。「まず、『ホテルKをどうするつもりよ!』って、村松さんに食ってかかって」

「そうか。で、村松は?」

「ともかくあわてていました。『こんな所で何を言い出すんだ!』と言い返しましたが」

「それで?」

「女性の方が、『さっき、ちゃんと見たんだから!』って。——村松さん、立ち上って、『よそでちゃんと話すから』って言って、半ば強引《なか》に彼女をバーから連れ出しました」

「それだけかい?」

小針は少しまた黙ってしまった。戸畑は、

「何か知ってるんだろ? 教えてくれ」

と、身をのり出した。

二人は小さなバーに入っていた。他の客は酔ってわけの分らないことを呟いていた。

「――分りました」

と、小針はため息をついて、「心配だったんで、私は二人の後からバーを出たんですよ」

「うん」

「エレベーターの前で、村松さんはあの女性に言ってました。『用がすんだら必ず行くから、待っててくれ。いいね』と……」

「彼女は納得している様子だった？」

「渋々でしたが、『逃げないでね』と、念を押してましたよ」

「どこで待ってる、とか言ってたか？」

「そこは聞いてません。ただ……」

「――何だい？」

「村松さんが、彼女の手にルームキーを握らせてました」

「Sホテルの？」

「ええ。チラッとしか見えませんでしたが、間違いないと思います」

と、小針は肯いて、「うちのカードキーは独特の色をしてますから」

やはりそうか……。村松は道子をホテルの部屋で待たせておいた。

そして――何があったのか、考えるまでもない。

「ちゃんと警察で話してくれないか」

「はあ……」

「村松が岡野君を殺したと俺は思ってる」

「Sホテルの部屋でですか」

小針が不安げに言った。

戸畑にも、小針の気持は分る。勤めているホテルで殺人事件が起ったとなれば、ホテルのイメージダウンになる。

「だがな、今黙っていて、後で知っていたと分ってみろ。もっと大きなイメージダウンだぞ。それだけじゃない。殺人犯を見逃したと言われて、罪に問われるかもしれない」

できるだけ脅すような口調にはしなかったが、それでも小針は青くなった。

「でも――せめて上司に断ってから。上司が許可してくれれば話します。そうでないと、後でこっちのクビが飛ぶかも」

戸畑はため息をついた。――しかし、小針の心配が無用のものだとも言えないのが現実である。

「戸畑さん。もし上司に、『そんなことは黙ってろ』と言われたら？　どうしたらいいでしょう」

子供じゃあるまいし、自分の判断で行動しろ！　――そう言いたいのを、戸畑は何とか呑み込んだ……。

「すてきね！」

と、舞は言った。

「どこもアトリエなんて、似たようなもんさ」

と、山崎は言って、「コーヒーでも淹れようか」

「私、やりましょうか」

「いや、大丈夫。ゆっくりしててくれ」

山崎が出て行くと、舞はアトリエの中をのんびり歩いて回った。

油絵、水彩、パステル……。

色んな絵が無造作に並んでいた。

どれを見ても、方々で見るリン・山崎の絵とは全く別人のようだ。

これだけの力があって、初めてプロの画家としてやっていけるのだ。——舞は改めて感服した。

描きかけのキャンバスを覗く。十代らしい少女のデッサンである。

モデルがいるのか、それとも想像で描いたものか、判断できなかった。

「——誰かに似てる」

と、舞は呟いた。

誰だろう？　顔立ちに見憶えが……。

「まさか」

杉原爽香とよく似ていた。

もちろん、昔のだが、それでもすぐに分る。彼女と知り合い？

舞は、画材を並べたテーブルの上に、見たことのあるパンフレットを見付けた。爽香が今任されているカルチャースクールのパンフレットだ！

この絵……。そうか。

表紙の絵は、山崎のものだった。

「こんなことって、あるのね……」

偶然であることを疑いもしない舞は、面白がっていた。

ふと——舞の目が、アトリエの隅の方に布をかけてある絵に止った。それは、「見てはいけない」と言っているようだった。

山崎はまだ戻らない。

舞は歩み寄って、その絵にかけてあった布をパッとめくった。

息が止った。

そこには、間違いなく杉原爽香が全裸で横たわっていたのである。

それは細密に描かれた、リアルな絵だった。どう見ても、想像で描いたものではない。

そこには生々しい肉体があった。

山崎が戻ってくる気配がして、舞は急いで元通り布をかけると、その絵から離れた。

「——さあ、どうぞ」

と、山崎がトレイを置く。

「ありがとう!」

舞はブラックのまま飲んだ。

——山崎と爽香。

二人はどういう関係なのだろう?

少なくとも、明男があの絵のことを知っているとは思えなかった。

そして、爽香と山崎は——寝たのだろうか?

いや、二人が現実に関係していたとは思えない。爽香がそういう女性でないことは、舞も分っている。

しかし、モデルになって肌をさらしていることは間違いない。それだけでも、夫への裏切りではないのか。

「——どうかしたかい?」

山崎に訊かれて、

「いいえ」

舞は微笑んで、「おいしいわ、コーヒー」

と言った……。


「チーフ」

久保坂あやめが、爽香の顔を見て、すぐに立って来た。

「何かあったの？」

「さっき、電話で……」

と、あやめは困った様子で、「〈Yカルチャー〉から」

「〈Yカルチャー〉？」

「ええ。凄い勢いで怒鳴りつけて来て」

〈Yカルチャー〉は、新聞社が母体のカルチャースクールで、もちろん桁違いに規模も大きい。

「何だっていうの？」

「今度うちの新設した〈生涯設計プラン〉のクラスですけど、あれがアイデアの盗用だと……」

「盗用？　珍しいクラスじゃないでしょ」

現に他のカルチャースクールでも、「定年後をどう過すか」というテーマのクラスはいくつもある。

「そう言ったんですけど……」

「向うは何て?」

「講師が問題みたいです」

「講師は――四人よね」

「ええ。その中の二人が、〈Yカルチャー〉の講師でもあるって。明らかに故意だって言うんです」

「待って。――どの先生?」

「女性二人です」

「連絡取れる?」

「ケータイ、聞いてあります」

「かけてみて」

爽香はパンフレットのそのページをめくって見た。

「――浜本《はまもと》先生です」

と、あやめがケータイを渡す。

「もしもし、浜本先生でいらっしゃいますか。杉原爽香です」

しばらく話をしてから切ると、

「――浜本先生は、もう〈Yカルチャー〉の仕事はしてないって」

「どうしてですか？」

「事務方がいい加減で、やる気がしなくなった、って」

「へえ」

「こっちへ八つ当りしてるのね」

と、爽香は軽い口調で言ったが、妙にこじれなければいいけど、と内心では不安だったのである。

21 尾行者

明男は二十分ほど遅れてやって来た。

「いつも悪いね、待たせて」

と、椅子を引いて座る。

「ちっとも」

舞は首を振って、「コーヒー飲んで待ってたわ。大丈夫なの、仕事？」

「うん。午前中の分は珍しくスムーズだったんだが、最後の一軒で手間取ってね」

明男は時々こうして舞と昼食をとる。

レストランのランチを頼んで、

「手間取った一軒って留守だったの？」

と、舞が訊いた。

「いや、留守なら留守で、伝票を置いてくりゃすむことなんだ。家に当人がいて、さっさと出られると喜んでたら、送り主の名前を見て、その奥さんが急に『これは受け取れません！』って言い出してさ」

「まあ、どうして？」

「何だか、送り主と喧嘩してるらしいんだな。でも、こっちだって、そんなことで受け取り拒否されても……」

「で、どうなったの？」

「その場で送り主に電話して、あれこれしゃべってたよ。初めは喧嘩腰だったけど、話してる内に段々口調が変って来てさ、しまいにゃ玄関の上り口に座り込んで、仲良くおしゃべりを始めたんだ」

と、明男は苦笑した。

「あら……」

「その間、ボーッと突っ立って待ってた。結局三十分もかかったよ」

二人は一緒に笑った。

ランチが来て食べ始める。

「急いで出なきゃいけないの？」

と、舞は訊いた。

「そうだな……。三十分」

と、明男は腕時計を見て言った。

——ゆっくり話ができるわけでなくても、こうして一緒に昼を食べる。明男はもちろん爽香にこのことを話してはいない。

決して浮気ではないし、そんな気もないけれど、舞と話していると、爽香とはまた違った息抜きの安堵感を感じられたのだ。

舞にとっても、このひとときは、まるで学生時代に戻ったような気持になれるのだった……。

「——ねえ」

と、舞は食べながら言った。「リン・山崎って知ってる?」

「うん。画家だろ。イラストレーターっていうのかな」

「この間、たまたまなんだけど、話す機会があったの。奥さんのこと、知ってたわ」

「ああ、パンフレットの絵を描いてもらったからな。それに小学校の同級生なんだ」

「奥さんの?」

「うん、言ってなかったかい?」

「詳しくは聞かなかったから……。そうだったの」

「本当なら、あんな売れっ子、とても高くて頼めないらしいよ。ずいぶん安くやってもらったって言ってた。いい絵だよ」

明男は早々と食べ終って、「コーヒーを」

と頼んだ。

「君はゆっくり食べてくれ」

「ええ……。相変らず忙しいの、奥さん？」

「そうだな、日によるよ。珠実をみてくれる人の都合もあるし。――まだ珠実があんまり病気しないから、助かってるけどね」

「そう……」

コーヒーが来て、明男はブラックのまま一口飲むと、

「そういえば爽香の奴、リン・山崎に頼まれて絵のモデルになってるんだ」

と、愉快そうに、「安く描いてもらった恩があるから断れない、って、ブツブツ言いながら、たまにアトリエに寄ってるみたいだよ」

その口調から、舞は明男が知らないのだと分った。妻が画家に全裸をさらしていることを。

教えてやるべきだろうか？

あなたの奥さん、アトリエで裸になって、画家と二人きりでいるのよ、と……。

もちろん、それがどうかしたのかと訊かれれば、何も言えない。しかし、いくら明男が妻のことを信じていても、少しは不愉快になるはずだ。

「ねえ、奥さんが――」

と、舞が言いかけたとき、明男のケータイが鳴った。

「仕事の連絡だ。ごめん」

明男はコーヒーカップを置いて、席を立って行った。「——はい、もしもし。——はい、〈N運送〉の者です……」

舞はホッと息をついた。

言わなくて良かったのだ。もし言っていたら、それで明男がどう思おうと、後悔しただろう。

「ミルクティー、下さい」

と、オーダーする。

明男が戻って来て、

「すぐ出ないと」

と、コーヒーを一気に飲み干した。

「お疲れさま」

「じゃあ……。払っとくよ」

「いいの——今日は私が。——ね?」

「それなら……。この次は僕が払うよ」

「うん。運転、気を付けてね」

明男は、テーブルの上の舞の手を軽く握って、立って行った。

舞は、空になった向いの椅子を、じっと眺めていた。

急いでトラックに乗った明男は、カーナビの電源を入れた。

住所だけで、配送先の家を捜すのに、カーナビは便利だ。

担当の地域だから見当はつくが、一応セットしてトラックを出す。

そのとき、少し離れて停っている黒い車を目にして、ちょっと眉を寄せた。

あの車、さっきも近くに停っていなかっただろうか？

もちろん、同じような車はあちこちで見かけるから、どうということはないが。

しかし、トラックが少しスピードを上げて、車の流れに乗ると、明男はバックミラーにあの黒い車がついて来ているのを見た。

同じスピードで、間に車二、三台入るくらい空けて走っている。交差点が近くなった。

明男は左折の車線へと入った。あの黒い車も同じ車線に入って来る。

明男は、「ちょっと間違えた」というように、すぐハンドルを切って直進の車線へと戻った。多少強引に割り込むことになったが、宅配の車は他の車から大目に見てもらえるところがあり、うまく入ることができた。

そのままスピードを上げて交差点を突っ切る。あの黒い車が車線を変えようとして、なかなか入れずにいるのが見える。

明男は、この道一本で行ける配送先を後回しにして、回り道をすることにした。

抜け道を通って、違う方向へと向う。

もうあの車はついて来られないだろう。

しかし——一体誰が？　明男は何だかいやな気分だった。


これだ。

気に入《い》った品物に出会うときというのは、品物の方が「呼んでいる」と感じるものである。

それは高級ブランド品というわけではなかったが、和装小物の店としては百年近い伝統のある店で、爽香は着物の着付を教えている知り合いに勧められて、うっかりすると前を通っても見落しそうなその店にやって来たのだった。

そして店内を見回してすぐ、爽香の視線を引きつけたのが、そのバッグだった。

大きさも手ごろ。デザインはもちろん和装向きで、色合は上品な紫——いや、もっと淡い、菫色《すみれいろ》という感じだ。

「いらっしゃいませ」

着物姿の、爽香とそう違わないくらいの年ごろの女性がやって来た。

「あのバッグを見せていただけます？」

「かしこまりました」

ガラスケースの奥から取り出されたそのバッグは、爽香の手になじんだ。

「――いい品でございますよ」

「ええ。プレゼントなんです」

心配だったのは、重過ぎないか、ということだったが、持ってみると、意外なほど軽い。

これならたぶん栗崎英子の好みにも合うだろう。――店内には他にも色々並んでいたが、見て回る必要もないと思えた。

値段は……。やや、爽香の考えていた予算をオーバーしていたが、この程度は仕方ない。

開け閉めの金具の調子などを確かめて、

「これ、いただきます」

と、爽香は言った。

「ありがとうございます」

「包装は簡単でいいです」

爽香はクレジットカードで支払いをして、領収証をもらった。

――やれやれ。

店を出た爽香は、「一つ気にかかっていた仕事」が終ったという安心感を覚えていた。

そうそう。肝心のパーティの具体的な準備はどうなっているだろう？

立ち飲みのコーヒーショップへ入ると、隅の方でケータイを取り出し、栗崎英子のマネージャー、山本しのぶへかけてみた。

「ああ、杉原さん」

「どうも。――今、記念品にぴったりのバッグを見付けて」

「まあ、それは良かったですね」

「パーティの方は、準備、進んでいますか？」

話を聞くと、出欠の確認などは手回しよくやっているが、会場との打合せが遅れていると感じられた。

「すみません。ホテルの方から訊いて来るだろうと思って」

「早めに打合せしておけば、後で急な変更が出たときも対応できます」

と、爽香は言った。「よろしければ、私も一緒に行きましょうか。この手のことは慣れていますから」

「お願いします！」

と、しのぶは言った。

「明日はいかが？」

「午前中でしたら。十時くらいでは？」

「分りました。Sホテルの担当の人へ連絡して下さい。結果OKなら、連絡いただかなくて結構です」

「分りました」

爽香は通話を切って、ホッと息をつくとコーヒーを一口飲んだ。ケータイが鳴る。

戸畑からだ。

「――はい、杉原です」

「戸畑です」

声が緊張していた。「今、夏木という刑事から連絡がありまして」

「何か――」

「村松定が海外へ行ったそうです」

「海外へ……。仕事で、ということですか？」

「いえ、仕事ではありません。ホテルKの人間には何も言って行かなかったそうで」

「つまり――」

「逃亡したんじゃないかと。――東南アジアに身を隠すつもりかもしれません」

「じゃ、やはり岡野さんを殺したんですね」

「Sホテルのバーテンが、証言したんです」

村松定と岡野道子の会話について、戸畑は説明した。

「その方が刑事さんに話を？」

「ええ。村松は感づいたんでしょうね。全く……」

「出国したのは確かですか？」

「飛行機の予約があった、というだけです」

「じゃ、まだ日本にいるかもしれませんね」

「それは何とも……」

「刑事さんが調べてくれるでしょう」

と、爽香は言った。

「そうですね。しかし、逃がしたとなると悔しいです」

「でも、東南アジアで身を隠して生きるなんて、長く続くもんじゃないと思いますわ」

「確かにね。どんな形でも、罪を償《つぐな》うことには変りないですね」

「戸畑さん。村松がいなくなると、ホテルKの再建についてはどうなるんでしょうか？」

「そうか！　そのことは全く考えてなかった！」

と、戸畑は自分でも呆れたように、「本当ですね。支配人の荒川《あらかわ》と話してみます」

「すみませんが、もしホテルKが元に戻ったとしても、栗崎英子様のパーティはSホテルで……」

「ああ、もちろんです！　ちゃんとやってくれるよう、Sホテルの人間にも、よく言っときますから」

「よろしく」

──爽香はケータイをバッグに戻し、コーヒーを半分ほど飲んだだけで店を出た。

いくらか心もちが軽くなっていた……。

「──あ、またか」

歩き出すとすぐにケータイが鳴って、爽香は足を止めた。

「──もしもし、杉原です」

「仕事中、すまないね。村松です」

村松定の父親である。

「どうなさいました？」

と、爽香は訊いた。

22 恨み

「うん。戻りが少し遅れるから」

爽香は久保坂あやめに電話を入れて、「——あ、そこでいいです」

と、タクシーの運転手に言った。

村松夫婦のアパートの前でタクシーを降りると、その音を聞きつけたのか、村松靖夫《やすお》が玄関のドアを開けて出て来た。

「すまないね、忙しいのに」

「いいえ」

爽香は首を振って、「勇輝さんは中に？」

「うん」

アパートの中に上ると、村松定の兄、勇輝が、気の抜けたような顔で座っていた。

「まあ、ごめんなさいね」

と、靖夫の妻、里江が爽香を迎えて、「もう、誰に相談していいかも分らなくて」

「構いません、そんなこと」

と、爽香は言って、「それで――奥さんが出て行ったのは確かなんですか?」

勇輝はやっと爽香に気付いて、

「あんたですか……。全くお恥ずかしい」

と、うなだれる。

「ただの家出じゃないんですか」

「走り書きのメモがあった。――どこへ置いて来たか分らないが、〈定さんと新しい暮しを始めます〉とだけあった」

「それじゃ――」

「定を捜してるが、ホテルKにもいないし、ケータイにも出ない」

「そうですか」

「杉原さん」

と、里江が言った。「あなたには、元刑事さんのお知り合いもあったでしょう。何とか捜してもらえないかしら」

「はあ……」

「無理は承知だ」

と、靖夫が言った。「大人同士の駆け落ちに、警察の出る幕はなかろう。ただ……」

「二人の孫たちが可哀そうで」

と、里江はため息をついた。「真弓もやっと公立の中学に慣れていたのに……」

「まさか香子の奴が……」

と、勇輝は顔をしかめて、「さっぱり分らん。もちろん、貧乏暮しになって、不満はあっただろうが」

「あの――」

と、爽香は言った。「奥さん、パスポートは持って行かれましたか？」

「パスポート？　いや――確かめていないが」

「定さんは、外国へ発《た》ったのかもしれないんです」

「外国へ？　それはどういう……」

「警察の捜査が、定さんに及ぼうとしていたからです。東南アジアへの飛行機を予約していたとか」

「じゃ、香子も一緒に？」

「それは分りません。てっきり定さんは一人だと思っていたので……」

「杉原さん、警察の捜査というのは……」

と、里江が言った。「もしかして、ホテルの女の人が殺された件ですか？」

「そうです。定さんが犯人かどうか分りませんが、担当の刑事は疑っているようで」

「それで外国へ逃げたのか」

と、勇輝は言った。「卑怯《ひきよう》な奴だ！」

「本当に国外へ出たとしたら、不利になりますね。でも、奥様が一緒かどうかは——」

「殺人犯について行くほど馬鹿じゃないとは思うが……。あのメモを読むと、そういうことだな」

「定が人を殺すなんて……。そのことも信じられないよ」

と、里江は首を振った。

「あいつなら、やりかねないさ」

「勇輝。お前は頭に血が上ってるから、そんなことを言うのよ。定だって、平気で人を殺せるような人間じゃ……」

そこまで言って、里江は顔を上げ、「——まあ、いつ来たの？」

真弓が立っていたのである。

「少し前」

と、真弓は言って、「お父さん。お母さん、出てったの？」

勇輝は少しためらってから、

「そうらしい。お前は心配するな。俺がついてる」

「お母さん……たぶんお腹に赤ちゃんがいた」

真弓の言葉に、みんなびっくりした。

「お前――」

「時々吐いたりしてたし、少し熱っぽいみたいだった」

「そうか……」

「お前は気が付かなかったの?」

「忙しくて、それどころじゃ……。それに、もし本当にそうなら、俺の子じゃない」

ややや重苦しい沈黙があって、

「――社へ戻らなくてはなりませんので」

と、爽香が言った。「何か分りましたら、ご連絡します」

「すみませんね、本当に」

と、里江が玄関まで爽香を送りに出て来る。「もうあなたには私たちに何の義理もないのに」

「そんなこと、おっしゃらないで下さい」

と、爽香は言った。「人の縁《えん》って、そう簡単に切れるもんじゃないと思います」

「杉原さん……」

「では失礼します」

爽香は一礼して、アパートを出たのだった……。

戸畑はホテルKのラウンジに入って、中を見回した。

「まだ来てないのかな……」

と呟きながら、奥のテーブルへと向うと、

「おい、ここだ」

と、途中で声をかけられた。

「ああ……。支配人」

戸畑は驚きを隠せなかった。「どうも。——お元気そうで」

「よせよ。俺だって、鏡ぐらい見る」

ホテルKの支配人、荒川はそう言って、「老けたろ？　自分でもびっくりさ」

戸畑は同じテーブルにつくと、

「確かに……。ほんのわずかの間に」

「うん。生きがいを失《な》くすってのは、怖いもんだな」

と、荒川はミルクティーを飲んだ。

「ですが、事情は変りましたよ」

「ああ。村松のことだな」

「岡野君を殺した容疑で、追われています。東南アジアへ逃げたかもしれません」

「このホテルはどうなるんでしょう？」

荒川はくたびれた表情で、

「俺もな、銀行の幹部に訊いてみたよ。知ってるだろ、大学の後輩だ」

「ええ、お会いしたことが――」

「言いにくそうだったがな……」

「どういう話だったんです？」

「要は、アメリカのホテルチェーンが、この建物を欲しがってた、ってことさ」

「建物……。つまり、スタッフはいらないってことですか」

「赤字のホテルを閉めて、そこの人間をここへ大量に送り込む。そのためには、できるだけここの人間を減らしておきたい」

「じゃ、村松は……」

「再建なんて、初めから考えてなかったのさ。人を減らし、いいシェフはどんどんよそへ出す。買収するとき、できるだけ安く買い叩くために、このホテルの評判を落す必要があったんだ」

「そして名前も変えてリニューアルですか！　ホテルって仕事に誇りを持ってないんですかね、連中は！」

「ひどい話だな」

戸畑の声が震えた。「じゃ、ここのデータを流出させてたのも村松ですね」

「ああ。必要なデータは、もうすべて先方へ渡っているそうだ」

「それじゃ、村松はもう用済みだったってわけで？」

「そういうわけじゃないだろうが、あんな事件と係っていては、銀行の方だって見捨てるさ」

と、荒川は言った。

「しかし……現に今、ここで働いてる者たちはどうなるんです？」

「全くな……。俺の力で、少しでも何とかなるものならと思うよ」

散々対立を煽《あお》り立てておいて、結局はみんながクビ、ということか。昨日までの仲間を「敵」として憎んだことは、深く心の傷として残って行くだろう。

「罪なことをしますね、銀行ってのは」

と、戸畑は言った。

「ああ、そのくせ、自分は危くなると国に助けてもらう。俺も銀行に頭を下げなくていい仕事に就きたかったな」

荒川の言葉には、長い苦労がにじみ出ていた……。

「遅くなっちゃった」

と、爽香は会社のビルへと入って行きながら呟いた。

今日はベビーシッターと明男の都合で、どうしても残業できない。仕事を持って帰るしかなさそうだ。

エレベーターのボタンを押そうとすると、上から下りて来たのがちょうど一階に着いて、扉が開いた。

久保坂あやめが乗っていて、

「あ、チーフ！　お帰りなさい」

「外出？」

「郵便、出して来ます」

と、二、三十通の封筒を見せた。

「ご苦労さま」

入れ代りにエレベーターに乗った爽香はフロアのボタンを押した。

そのとき、凄い勢いで駆けて来た男が、あやめを突き飛ばして、エレベーターへ飛び込んで来た。あやめは床に尻もちをついた。

「あなた――」

「杉原爽香だな！」

男がナイフを爽香の顔へ突きつけた。

扉が閉り、エレベーターが上り始める。

あやめは、男がナイフを持っているのも見ていただろう。

「久保さんね」

と、爽香は言った。「久保充夫」

「則子から聞いたか」

「ええ。——則子さんはもう子供たちの所へ戻ったのよ。そっとしておいて」

「ふざけるな！　あいつは俺の女だ！」

爽香は、ナイフを突きつけられても、そう恐ろしくない。何といっても、この手の状況に慣れている。

「そんな物騒なもの、しまって」

と、爽香は言った。「私の部下が、あなたのことを見ていたわよ。すぐ一一〇番してるでしょう。そんなこと、やめて」

「うるさい」

「どうしようっていうの？」

「ここへ則子を呼ぶんだ」

エレベーターが止って扉が開く。

「上だ」

と、久保は言った。「最上階まで行け」

爽香は一番上のフロアのボタンを押して、

「どこへ行くの？」

「だから一番上だ！」

爽香は肩をすくめた。

エレベーターが上って行く。

ナイフを持った手が細かく震えている。

緊張だけではないような気がした。アルコール中毒か、それとも薬物か……。

いずれにしても、久保の充血した目には、殺意よりも深い疲労が見てとれた。

23　男と女

エレベーターは最上階で停った。

爽香も、あまり関係のないフロアなので、来るのは初めてかもしれない。

「さっき見といたんだ」

と、久保は言った。「そっちへ行け」

倉庫や資料室のあるフロアで、人気《ひとけ》がない。

「そこへ入れ」

〈第二倉庫〉とプレートの付いたドアを、久保は指した。

「どうするのよ」

「いいから入れ！」

けがをしてもつまらない。――爽香はそのドアを開けた。

段ボールやファイルの並んだ棚。

「則子をここへ呼べ」

と、久保は言った。「俺のことは言うなよ」

「無理よ。則子さん、入院してるのよ。出て来られないわ」

「入院だって?」

久保は本当にびっくりした様子で、「どこが悪いんだ? 大丈夫なのか?」

「そりゃあ、色々……」

と、爽香は首を振って、「疲れから倒れたの。当人が良くなろうと思ってないから、もしかするとあのまま……」

「ふざけるな!」

「怒鳴らないで」

「——すまん」

と、久保は意外におとなしく謝った。「あいつはそんなに悪いのか」

「そんなに心配?」

「ああ……。俺はあいつがいないとだめなんだ」

久保の、ナイフを持つ手が震えていた。

どうやら、かなり神経が参っているようだ。こういうとき、妙に刺激すると、カッとなって人を刺したりするかもしれない。そして、今、「人」といえば爽香しかいない……。

「——おい」

と、久保は言った。「何を持ってるんだ?」

爽香は、栗崎英子にプレゼントするバッグの入った手さげ袋を持ったままだった。

「人にあげる物よ」

「何だ、中身は?」

「ハンドバッグ」

「ハンドバッグか……。おい、見せろ」

「だめよ! これは大切な物なの」

「ハンドバッグなら、則子にだってやれるかもしれねえ」

「だめ! 則子さんには似合わないわよ。それに、則子さんに何かあげたいんなら、自分で買いなさいよ」

「そんな金がありゃ頼まねえ。いいから見せてみろ!」

と、久保は空いた手を伸した。

爽香だって——乱暴なことをするつもりはなかったのである。

しかし、「やっと見付けた!」英子にぴったりのバッグだ。これを取られてなるものか!

久保の目が手さげ袋の方へ向いている。

爽香は、右手の拳を固めると、

「やあっ!」

と、ひと声、力一杯久保の顔面を殴りつけたのだった……。

「またチーフの武勇伝がふえましたね」

と、久保坂あやめがため息をついて、「でも、命を大切にして下さいね」

「うん……」

爽香は肯いて、「別に、ここまでやるつもりじゃなかったのよ」

目の前の床には、爽香のパンチでノックアウトされた久保が、大の字になって倒れていた……。

「――今警察が来ます」

爽香のグループの部下たちがみんな駆けつけて来ていた。

「もう大丈夫だから。みんな仕事に戻って」

と、爽香は促したが、

「いいえ！　ちゃんとそいつが連行されて行くまで見届けます」

と、あやめは腕組みして、倒れている久保をにらみつけた……。

爽香のケータイが鳴った。

「――もしもし」

「杉原さん。ごめんなさい。村松です」

村松里江だった。ひどく動揺している。

「どうなさったんですか?」

「今しがた、香子さんから電話が……」

「じゃ、定さんと一緒じゃなかったんですね?」

「それが……」

と、口ごもる。

「はっきりおっしゃって下さい」

と、爽香は言った。

「今、成田《なりた》市内のホテルにいるというんだけど……」

里江の途切れ途切れの話を聞いていた爽香は、

「——分りました。これからそのホテルへ行ってみます」

と言った。「もう一度ホテルの名前をおっしゃって下さい」


「大丈夫ですかね」

と、麻生が言った。

「今さら何言ってんの」

爽香はその部屋のドアの前に立った。「ここだわ。——香子さん」

ドアを叩く。爽香は、成田市内のホテルにやって来たのだ。麻生が「用心棒」代りに同行していた。

もう一度ドアを叩くと、ドアがパッと勢いよく開いた。

「まあ、杉原さん」

村松香子が目を見開いて、「どうしてあなたが？」

香子はずいぶんお洒落をしていた。

「里江さんからご連絡をいただいて」

「ああ、そう。――どうぞ」

香子は、何だかいやに浮かれている感じで、爽香たちを中へ入れた。

「散らかっててごめんなさい」

確かに、そう広くない部屋の中は、衣類やタオルが床に放り出されて、「足の踏み場もない」という様子だった。

「――お一人ですか？」

と、爽香は訊いた。

「ええ。これでもツインルームなの。ねえ、狭いでしょ？　そこを、あの人ったら、シングルユースにして……」

「定さんのことですね」

「そう。――何考えてるのかしらね。自分じゃ、若い子にもてるようなこと言ってたけど、そんなの嘘だったのよ。でなきゃ、年上の私になんか手を出さないでしょ」

「定さんは今どこです？」

と、爽香が訊く。

すると、後ろに立っていた麻生が、爽香の腕をつついた。振り向くと、麻生の視線がベッドの方へ向く。

ベッドは毛布がはぎ取られていて、その毛布はすぐ傍《かたわら》の床の上にクシャクシャになって落ちていた。そして、よく見ると、その毛布は少しふくらんで見えている。

「――あの人はもういないわ」

と、香子は肩をすくめた。「もういないのよ」

爽香はベッドの傍の毛布をつかんで持ち上げた。

「――もういないの、あの人は。ね？　分るでしょ？　あの人はもう、この世にはいない……」

上半身裸の村松定が、うずくまるように倒れていた。首に、紐が巻き付いている。

「チーフ……」

「待って」

爽香はかがみ込んで、定の胸に耳を当てた。

「チーフ、何か……」

「まだ生きてる！」

爽香は顔を上げ、「急いで救急車を！」

と叫んだ。

「はい！」

麻生が駆け出して行く。

「まあ……。死んでなかったの？」

と、香子が当惑したように言った。

「まだ助かるかもしれませんよ。ご主人とお子さんたちのためにも、その方がいいじゃありませんか」

「秀一……。真弓……」

香子は床にペタッと座り込んで、呻くような声を上げて泣き出した。

「尾行されてる？」

と、爽香は言った。「どういうこと？」

「僕にも分らないよ」

明男が首を振って、「ただ、気のせいじゃないようだ」

「誰かしら？　心当り、ある？」

「まさか。――爽香なら分るけどな」

「まあ」

爽香は笑って、「確かにね。どうしてこう事件に巻き込まれるんだろ」

朝食は十五分で済まさなくてはならない。

珠実がまだ眠ってくれているので助かる。

「用心しろよ」

「お互いにね。車のナンバーが分れば、河村さんに頼むわ」

「うん。今日も続くようなら頼むよ」

明男は時計を見て、「もう行かないと」

「気を付けて」

爽香はコーヒーを飲み干すと、「私も仕度するわ」

「鍵、かけてくから」

「お願い」

玄関で明男を見送っていては遅くなる。爽香は急いで着替えた……。

――地下鉄の駅を出たところで、ケータイが鳴った。

久保坂あやめからだ。

「チーフ、今どこですか？」

「地下鉄を出たとこよ。どうしたの？」

「〈Yカルチャー〉の代理人っていう人が来てるんです」

新聞社系の大手カルチャースクールだ。

「この前の件？」

「ええ、〈定年後の人生設計〉っていうテーマと、講師を横盗《よこど》りした、と言って。——それが一人は弁護士だっていうんですけど、ヤクザみたいで。もう一人は〈Yカルチャー〉の事務局長とか」

爽香は足を止めて少し考えていたが、

「——今は？」

「応接室です。チーフの来るのを待ってるところで」

「そう」

「どうしましょう？」

「話を聞くしかないわね。——十五分待たせて」

「こちらも弁護士、呼びますか？」

「向うの話を聞いてからでいいでしょう」

爽香は通話を切ると、すぐに発信した。

「——もしもし、朝っぱらから申し訳ありません。〈S文化マスタークラス〉の杉原です」

と、爽香は言った。

——十五分後、オフィスに入ると、あやめが急いでやって来て、

「かなり苛ついてます」

「向うの手よ。お茶、出した?」

「ええ」

「じゃ、私にも持って来て。あちらの分は淹れかえて」

爽香はケータイを取り出した。ややこしい話の途中で鳴り出すと厄介だ。電源を切って、引出しにしまう。

「私も一緒に」

と、あやめが言った。

「ICレコーダーを持って」

「はい。もうスイッチ、入れてあります」

「気がきくわね」

と、爽香は微笑んでから、他のスタッフに指示を出し、あやめと共に応接室へと向った……。

24 空白

明男はちょっと舌打ちした。

道が狭い。——この家に間違いはないが、トラックを停めておくと、他の車が来たとき、つかえてしまう。

留守でなきゃいいが……。

急いで荷物を出すと、その玄関へ。インタホンで呼ぶと、すぐに、

「はい？」

と、返事があってホッとする。

「お届け物です」

「ちょっと待って」

奥さんらしい声が言った。明男は道を振り返った。大丈夫だ。他の車は来ていない。

幸いすぐに玄関のドアが開いた。

「ご苦労さま」

小太りな、愛想のいい奥さんだった。

「こちらに――。サインで結構ですよ」

明男は胸ポケットのボールペンを抜いて渡した。そのとき、車のクラクションが聞こえた。

振り向くと、トラックの後ろに乗用車が見える。――荷物を渡すと、

「ありがとうございました」

と、一礼して、急いでトラックの方へ戻る。

ろくに車を見ていなかった。よく見ていれば、気付いたかもしれない。それが、このトラックを尾行していた車とよく似ていると……。

「すみません！」

と、後ろの車に声をかけ、明男は運転席のドアを開けた。

運転席に上ろうとして、片足をかけたときだった。誰かが走り寄って来た。

脇腹に痛みを感じて、振り向いた。

「ざまあ見やがれ！」

と、髪を金髪に染めた若い男が、顔を引きつらせながら叫んだ。

「おい――」

明男は痛みが一気に押し寄せて来て、うずくまった。「誰だ？」

明男の目は、その男の手にナイフがあるのを見ていた。脇腹に生ぬるく濡《ぬ》れた感じがあっ

た。血が流れ出ている。

刺された！　――若い男は車へと駆け戻って行った。

そのとき、やっと思い出した。

中学生の少女がワゴン車で連れ去られそうになったとき、このトラックをぶつける覚悟で助けた。そのとき、トラックに文句をつけに来た男だ。

あのとき、トラックの車体の社名を見ていたのだろう。明男の顔も憶えていたのだ。

「畜生……」

必死で立ち上った。刺した男の車はバックして行ったが、興奮していたのだろう。左右の塀へ何度もぶつけていた。

「下手くそめ！」

どうしよう？　――明男は、今荷物を届けた目の前の玄関へと、痛みをこらえて歩いて行った。

すると、ドアが中から開いた。あの奥さんが出て来たのだ。

「今、中から見てたの！　まあ、血が！」

「すみません。救急車を……」

「ええ、ともかく入って。上り口に腰を下ろして」

「血で汚れます」

「何言ってるの！　私、看護師だったの。さあ、このタオルで傷口を押えて。すぐ一一九番へかけるから！」

「すみません」

「待っててね！」

その奥さんは居間の電話へと駆け寄った。

「ああ……。爽香……」

空いた手で、いつしかケータイを取り出していた。何かしていた方が、苦痛を少しでも軽くできる。明男は爽香のケータイへかけた。

要は金だ。――爽香は、〈Yカルチャー〉の事務局長と、その代理人と称する弁護士の、くどくどとした苦情を、黙って聞いていた。

「何とか言ったらどうだ！」

言うことがなくなったらしい弁護士が言った。爽香は落ちついて、

「そちらがずっとしゃべっておられるので」

と言った。「ですが、講師の先生方も、別にそちらと専属契約を結んでおられるわけではないので……」

「契約はなくてもね。世間にゃ仁義ってもんがあるんだよ。女にゃ分らんだろうがね」

「ともかく、当方としては手落ちはないと考えています」

「いいのかい、そんなこと言って」

と、弁護士は言った。「こちらの事務局長さんはね、特に浜本先生とは親しくしてるんだ。事情を話せば、浜本先生はあんたの方をキャンセルするよ。そうなってもいいのかい？」

「ではどうしろと？」

「そいつはあんたの方の出方次第だ。こっちに頭を下げて、ほんの手土産《てみやげ》でも包んでくれりゃ、今回のことは忘れてやってもいい」

「手土産、といいますと？　お菓子か何かですか？」

「馬鹿にしてるのか、こっちを！　気持を表すのに充分な額を——まあいいとこ三百万で手を打とう」

「お金で済ませるということですか？」

「事が公になる前に、穏便に済まそうって言ってるんだよ」

「残念ですが、お支払いできません」

と、爽香は言った。

「話にならん。——女じゃダメだ。社長を呼べ」

と、弁護士は腕組みをした。

「お引き取り下さい。これ以上お話を伺っても、むだです」

と、爽香は言った。

「あんたの話など聞かん。社長を呼べ！」

すると、応接室のドアが開いた。

「私の話も聞かない？」

入って来たのは、問題になっている講師の浜本信子《のぶこ》だった。

事務局長が青くなって、

「浜本先生……」

「私はあなたと親しくなんかないわよ。おたくの仕事はもうやらないと言ったでしょ。こんな恥ずかしい真似をして！」

「いいえ、私は——」

「帰りなさい！　この杉原さんは、どんなことでもきちんと筋を通してくれるわ。あなたの所は、むだなお金ばっかり使って、少しも生徒さんのことなんか考えない。そんなに現金が欲しいのは、経理に穴をあけたからじゃないの？　ともかく、帰りなさい」

事務局長と弁護士の二人は、爽香をにらみつけながら出て行った。

「——すみません。朝からお呼び立てして」

と、爽香は言った。

「いいのよ。私もあの人に一度言ってやりたかったの」

「ありがとうございます」

「せっかく来たんだから、ついでに今度の話の打合せをしておこうかしらね」

「はい！」

爽香は一旦席へ戻った。

「チーフ、つい今しがたこのオフィスにお電話が」

と、女性スタッフが言った。「至急連絡してほしいと……」

メモを見て、爽香は眉を寄せた。引出しを開け、自分のケータイを取り出すと、電源を入れた。

〈着信、明男〉。——何度もかかって来ている。

「あやめさん。浜本先生をお願い！」

爽香はそう言うと、駆け出した。


なぜ？　どういうこと？

爽香は何度も自問した。——明男が刺された？　どうして？

タクシーが病院の正面に停る。爽香は中へ入ると、待合室を抜けて行った。

途中で病院へ電話して、状態を聞いていた。出血が止れば大丈夫だが、今は何とも言えない……。

「明男……。頑張って！」

エレベーターの中で、爽香は祈るように呟いた。「頑張って！　頑張って……」

エレベーターを降りて、廊下を急ぐ。すると――思いがけない人が目の前に現われた。三宅舞だ。

「舞さん――」

と言いかけると、舞は顔を紅潮させて爽香をにらみ、

「何してたのよ！」

と、叫ぶように言った。「明男さんが生きるか死ぬかってときに」

「今は？」

「闘ってるわ。生きようとして、必死でね」

「私、仕事で――」

「ええ、大事な仕事なんでしょうね、さぞかし。私みたいな怠《なま》け者には分らないわ。夫が刺されて苦しんでるのに、仕事が大切だなんてね」

「舞さん……」

「あの人はね、痛みをこらえながら、あなたに電話したのよ！　何度もね。でも、あなたは出なかった。だから私に電話して来たの。『爽香は忙しいらしくて出ないんだ』って言ってね。でも、あの人はあなたのことを責めなかった。『知らせてやってくれ』って、麻酔かけ

られるまで私に頼んでた。――何なのよ、今ごろノコノコやって来て！」

　爽香は、舞が涙を流しながら食ってかかって来るのに、言い返せなかった。――私は、明男が必要としている時に、いなかった。

「忙しいんでしょ？　仕事に行きなさいよ！　明男さんには私がついてるから。あなたは夫より大事な仕事に、さっさと行けばいいわ！」

　処置室から、医師が出て来た。爽香が進み出るのを、舞は遮《さえぎ》ると、両手で突き飛ばした。そんな気はなかったのだろうが、憤りと明男の状態への不安が、その手に込められて、爽香は廊下に転倒した。

「まあ！　何してるの！」

　看護師が駆けて来て、「大丈夫ですか？」

　と、爽香を抱き起こす。

「大丈夫です……。すみません」

　爽香はよろけながら立ち上ると、「主人は――」

「落ちつきましたよ。心配いりません」

　と、医師が言った。「若いから、心臓も丈夫だし。それにしても、刺されたのが心臓じゃなくて良かった」

「そうですか……。どうも……」

爽香は礼を言うと、ふらついて壁にもたれかかった。

ああ……。明男。ごめんね！

舞が爽香の方へやって来ると、

「私はずっと彼のそばについてる。あなたがどう言おうと」

と、挑みかかるように言った。

「──よろしく」

爽香は頭を下げた。

廊下には、いつもと変らず、医師や看護師が忙しく行き来している。そのことが、爽香にはふしぎだった。


盛大な拍手が、宴会場からロビーへと溢れ出ている。──爽香は微笑んだ。

受付に立っていた久保坂あやめが爽香に気付いて、駆けて来た。

「チーフ、間に合いましたね！」

「もう記念品の贈呈は終った？」

「これからです。チーフが間に合わなかったら、果林《かりん》ちゃんに、ってことになってます」

「来られたのね？　良かった。じゃ、果林ちゃんがいいわよ」

「でも、せっかくチーフが──」

「私は裏方。準備するのが仕事よ」

爽香はそっと〈栗崎英子さんの80歳を祝う会〉の会場へと滑り込んだ。広い宴会場を埋め尽くす人々。爽香はホッとした。

壇上では、社長の田端将夫《たばたまさお》が挨拶をしている。爽香はロビーに出ると、来場者のリストを眺めた。人の気配に振り向くと、

「あら。――真弓ちゃん」

村松真弓が立っていた。「一人？」

「ごめんなさい！」

と、真弓は涙声で、「私のせいで、杉原さんがあんなことになって……」

「そうだったのね。偶然ってふしぎね。でもあなたのせいじゃないんだから。あなたが無事で良かったわ」

「けが、大丈夫？」

「ええ。本人はのんびり寝てるわ。――あなたも大変でしょうけど、頑張ってね」

爽香は真弓の頭を撫でた。明男を刺した男はすぐに逮捕され、恨みを買ったいきさつが分ったのである。

一方、村松定は一命を取り止め、香子は殺人未遂で留置場にいる。定は病院で岡野道子を殺したことを認めた。

村松家は明日をも知れないような状況だったが、老いた両親は、息子や孫たちのためにしっかりしなければ、と思ったのか、却って元気である。

「——チーフ。記念品の贈呈です」

と、あやめに呼ばれた。

会場へ入ると、あやめが小声で言った。

「病院、まだあの女性がいるんですか?」

「うん。ずっとついててくれてる」

「図々《ずうずう》しい! いいんですか?」

「私には、珠実ちゃんも仕事もあるからね。あの人も分ってる。——舞さんもね」

「それならいいですけど……」

あやめは不満そうだ。

そのとき、客の間をかき分けて、果林が走って来ると、

「爽香さん! 早く来て!」

と、爽香の手をつかみ、正面の壇の方へ引張って行く。

「果林ちゃん——」

「記念品、爽香さんが渡して」

「でも、それは果林ちゃんが——」

「私は花束! ね、早く」

爽香は壇上へ押し上げられた。——きれいに包装されたハンドバッグの入った箱を渡される。

いつに変らぬ着物姿の英子が待つ壇の中央へ、爽香は進み出た。

「栗崎様。おめでとうございます」

と、プレゼントを渡す。

「ありがとう」

英子は微笑んで受け取ると、盛大な拍手の中、その場で包みを開けた。

「——私の好みの色だわ」

と、贈られたハンドバッグを高く揚げた。

再び拍手が起る。

英子はマイクに向うと、

「これを選んでくれたのは、ここにいる杉原爽香さん。私の一番信頼する友人です」

と言った。「この人がいなかったら、今私はここにいないでしょう。私の支えであり、慰めでもある爽香さん。——ありがとう」

爽香は少し戸惑ったが、拍手を受けると、深々と頭を下げた。

「栗崎様——」

「たまには黙ってほめられるものよ」

と、英子は言って、爽香の肩を抱いた。

「はい」

肩に感じる英子の力に、暖い励ましを感じて、爽香は目頭が熱くなった。

カメラのフラッシュが光り、拍手が続く。少々照れながら英子と並んで立っていた爽香は、いつの間にかすぐ目の前に、あやめに抱っこされた珠実を見付けてびっくりした。

爽香が笑顔で手を振ると、珠実も笑って手を振った。

私は支えられている。――爽香はそう感じた。そして壇上から手を伸すと、珠実を抱え上げて、しっかりと抱いた……。

〈杉原爽香シリーズ〉作品リスト

制作協力・山前 譲

若草色のポシェット

杉原爽香、十五歳の秋――それは行方不明だった親友の死とともにはじまった。死体のかたわらには若草色のポシェットが……。主人公が読者とともに毎年成長する画期的な青春ミステリー・シリーズの第一弾。

群青色のカンバス

十六歳の夏、爽香は、ブラスバンド部の合宿で高原へ。親友の浜田今日子やボーイフレンドの丹羽《にわ》明男も一緒で楽しい夏休みのはずが、女性が合宿所で自殺を図り、画家が殺され、爽香自身も生命を狙われて……。

亜麻色のジャケット

高校二年、十七歳の冬。爽香の中学時代の恩師・安西布子《あんざいきぬこ》に、河村《かわむら》刑事がプロポーズしたとたん、ずぶ濡れの若い女性が。池に突き落とされたという彼女の手には、亜麻色のジャケットが！

薄紫のウィークエンド

爽香の十八歳の夏は最悪だった。父は脳溢血《のういっけつ》で倒れて休職。親友の浜田今日子は、マリファナ売買に関係しているともっぱらの噂の大学生と交際。そして秋を迎え、さらに邪悪な風が吹く。

琥珀色のダイアリー

十九歳の春、大学生になった爽香は家庭教師のアルバイトを。生徒は中学二年生の多恵《たえ》。今度の連休に父親と軽井沢の別荘で過ごすという。危険を感じて同行する爽香だったが、やはり殺人事件が……。

緋色のペンダント

河村刑事と結婚した布子先生に赤ちゃん誕生！　でも二十歳になった爽香にはトラブルが続出。ボーイフレンドの明男との関係もおかしくなった。いつも冷静沈着な爽香の心も乱れるのだ。

象牙色のクローゼット

爽香は河村家で補導された十七歳の由季と出会った。居候《いそうろう》なのにおとなしくはしていない。女性ばかり狙う殺人鬼に無謀にも接近していく。爽香の二十一歳の十二月も慌ただしく過ぎていく。

瑠璃色のステンドグラス

爽香ももう大学四年生。新鋭作家をめぐっての恋のトラブルに巻き込まれ、かつて付き合っていた丹羽明男に教授夫人との不倫の噂が流れる。爽香二十二歳の夏もまた波瀾万丈の季節だった。

暗黒のスタートライン

二十三歳の秋、大学を卒業して古美術店で働き始めた爽香。深夜、自宅に元ボーイフレンドの明男から突然電話が掛かってきた。「な、今から行ってもいいか」と。ショッキングな事件の真相は？

小豆色のテーブル

五月九日、爽香は二十四歳の誕生日を迎えた。高齢者向けケア付きマンションの仕事に一所

懸命だったが、なんとそこで子供が誘拐されてしまう。しかも、爽香に共犯の疑いが⁉

銀色のキーホルダー

二十五歳の秋、高齢者用マンションに勤めながら、服役中の恋人・丹羽明男の仮出所を待っている爽香。〈G興産〉の御曹司である田端将夫《たばたまさお》に誘われて別荘を訪れ、一族の骨肉の争いに巻き込まれてしまう。

藤色のカクテルドレス

高校生が被害者となった十年前の未解決強盗事件。その関係者が再び集ったとき、新たな事件が起こる。婚約者の丹羽明男との愛をじっくり育む、二十六歳の春の出来事だった。

うぐいす色の旅行鞄

爽香が人生最良の時を迎えたのは二十七歳の秋だった。ついに明男と結婚式を挙げたのだ。温泉へ新婚旅行に出かけたが、同じ旅行鞄を持ったカップルと一緒だったことから、またまた事件が！

利休鼠のララバイ

すっかり結婚生活も落ち着いた爽香。仕事ぶりが認められて、新規プロジェクトへの参加を求められる。だが、すべてが順風満帆とはいかなかった。二十八歳の冬も穏やかではないのだ。

濡羽色のマスク

事務職に回されていた河村元刑事は、殺人事件の現場に遭遇して張り切るが、妻の布子は夫の「秘密」に悩んでいた。新プロジェクトの準備に追われる二十九歳の秋も、仕事には専念できない爽香だ。

茜色のプロムナード

新しい高齢者用ケア付きマンションの準備に忙しい爽香。ところが、その建設候補地でトラブルが発生。立退き料目当ての建設反対運動が画策されたのだ。三十歳になった春もなにかと騒がしい。

虹色のヴァイオリン

三十一歳の爽香は、高齢者用住宅のプロジェクトに忙しい。だが、兄・充夫《みつお》の借金問題、田端社長の母親の手術、河村刑事の愛人問題と、なかなか仕事に専念できない。そしてさらに誘拐事件が！

枯葉色のノートブック

ケア付きマンションの建設は着々と進んでいるが、プロジェクトのスタッフに、資材調達での疑惑や、不適切な男女関係が。悩む三十二歳の爽香を助けてくれたのは、何故かあの殺し屋・中川《なかがわ》!?

真珠色のコーヒーカップ

苦労の末に〈レインボー・ハウス〉が完成した。そんな時、姪の綾香《あやか》からの電話で、暴走族に襲われた少女を助ける。また新たな心配事を抱えてしまうが、いつも元気一杯、三十三歳の春である。

桜色のハーフコート

三十四歳の秋の事件である。その日、無断欠勤した部下、宮本《みやもと》の自宅を訪ねてみると、彼の無残な死体！　妻も娘も行方をくらましてしまう。宮本家に何があったのか？　爽香に新たな難題が。

萌黄色のハンカチーフ

三十五歳の春、明男とともに出かけたヨーロッパ旅行で、爽香は女優の笹倉弥生《ささくらやよい》と劇団を主宰している喜多原光夫《きたはらみつお》と知り合う。帰国後、その喜多原が殺されて、またまた事件の渦中に！　そこに、兄の充夫を巻き込んだ、爽香を陥れようとする陰謀も。

柿色のベビーベッド

爽香に待望の赤ちゃんが誕生した。珠実《たまみ》と名付けられてすくすくと育つが、お母さんは相変わらずの忙しさだ。〈G興産〉の新事業としてカルチャースクールの経営引継ぎを検討したり、〈レインボー・ハウス〉のバス旅行に添乗したり……その旅先でとんでもない出来事が起こった。三十六歳の秋は危機一髪！

コバルトブルーのパンフレット

再建を任されたカルチャースクールの目玉講師として白羽の矢を立てたのが、トーク番組で人気絶頂の高須雄太郎《たかすゆうたろう》。好感触だが、条件はトラブル続きの息子を雇うことだった。一方、その高須の事務所があるビルで知り合った女性の息子が、なんと殺人を……。三十七歳の夏もなかなか本業に専念できない爽香である。

夢色のガイドブック

読者とともに年齢を重ねてきた〈杉原爽香〉シリーズ二十一年の軌跡を集大成した一冊。第一作『若草色のポシェット』からのストーリー紹介、人物相関図、爽香語録、年表、イラスト・コレクション、トリビア、読者の声などのほか、シリーズ初の短編「赤いランドセル」を書下ろし収録。

初出誌
「女性自身」（光文社）
二〇一〇年　一〇月一九日号、一一月一六日号、一二月二一日号
二〇一一年　二月一日号、二月一五日号、三月二二日号、四月一九日号、五月二四日号、六月二一日号、七月一九日号、八月一六日号、九月二〇日号

光文社文庫

文庫オリジナル／長編青春ミステリー
菫色《すみれいろ》のハンドバッグ
著　者　赤《あか》川《がわ》次《じ》郎《ろう》

2011年9月20日　初版1刷発行

発行者　駒　井　　稔
印　刷　大日本印刷
製　本　大日本印刷

発行所　株式会社　光文社
〒112-8011　東京都文京区音羽1-16-6
電話　(03)5395-8149　編　集　部
8113　書籍販売部
8125　業　務　部

ISBN978-4-334-74993-4 Printed in Japan

組版　大日本印刷

お願い　光文社文庫をお読みになって、いかがでございましたか。「読後の感想」を編集部あてに、ぜひお送りください。

このほか光文社文庫では、どんな本をお読みになりましたか。これから、どういう本をご希望ですか。どの本も、誤植がないようつとめていますが、もしお気づきの点がございましたら、お教えください。ご職業、ご年齢などもお書きそえいただければ幸いです。当社の規定により本来の目的以外に使用せず、大切に扱わせていただきます。

光文社文庫編集部

光文社文庫　好評既刊

瑠璃色のステンドグラス　赤川次郎
暗黒のスタートライン　赤川次郎
小豆色のテーブル　赤川次郎
銀色のキーホルダー　赤川次郎
藤色のカクテルドレス　赤川次郎
うぐいす色の旅行鞄　赤川次郎
利休鼠のララバイ　赤川次郎
濡羽色のマスク　赤川次郎
茜色のプロムナード　赤川次郎
虹色のヴァイオリン　赤川次郎
枯葉色のノートブック　赤川次郎
真珠色のコーヒーカップ　赤川次郎
桜色のハーフコート　赤川次郎
萌黄色のハンカチーフ　赤川次郎
柿色のベビーベッド　赤川次郎
コバルトブルーのパンフレット　赤川次郎
夢色のガイドブック　赤川次郎

灰の中の悪魔（新装版）　赤川次郎
やさしすぎる悪魔　赤川次郎
納骨堂の悪魔　赤川次郎
氷河の中の悪魔　赤川次郎
シンデレラの悪魔　赤川次郎
名探偵、大集合！　赤川次郎
名探偵、大行進！　赤川次郎
名探偵、大競演！　赤川次郎
棚から落ちて来た天使　赤川次郎
いつもと違う日　赤川次郎
仮面舞踏会　赤川次郎
夜に迷って　赤川次郎
夜の終りに　赤川次郎
悪の華　赤川次郎
悪夢の果て　赤川次郎
授賞式に間に合えば　赤川次郎
万有引力の殺意　赤川次郎

光文社文庫　好評既刊

ひとにぎりの異形　井上雅彦監修
未来妖怪　井上雅彦監修
京都宵　井上雅彦監修
幻想探偵　井上雅彦監修
怪物團　井上雅彦監修
喜劇綺劇　井上雅彦監修
憑依　井上雅彦監修
Fの肖像　井上雅彦監修
江戸迷宮　井上雅彦監修
喰いたい放題　色川武大
歌舞伎町怪談　岩井志麻子
永遠とか純愛とか絶対とか　岩井志麻子
死相鳥とキッチンガーデン　岩井志麻子
美月の残香　上田早夕里
魚舟・獣舟　上田早夕里
家守　歌野晶午
舞田ひとみ11歳、ダンスときどき探偵　歌野晶午

ドリーミング・オブ・ホーム&マザー　打海文三
多摩湖畔殺人事件　内田康夫
天城峠殺人事件　内田康夫
遠野殺人事件　内田康夫
倉敷殺人事件　内田康夫
津和野殺人事件　内田康夫
白鳥殺人事件　内田康夫
小樽殺人事件　内田康夫
日光殺人事件　内田康夫
津軽殺人事件　内田康夫
横浜殺人事件　内田康夫
神戸殺人事件　内田康夫
伊香保殺人事件　内田康夫
湯布院殺人事件　内田康夫
博多殺人事件　内田康夫
若狭殺人事件　内田康夫
釧路湿原殺人事件　内田康夫

光文社文庫　好評既刊

鬼首殺人事件　内田康夫
札幌殺人事件(上・下)　内田康夫
志摩半島殺人事件　内田康夫
軽井沢殺人事件　内田康夫
城崎殺人事件　内田康夫
姫島殺人事件　内田康夫
熊野古道殺人事件　内田康夫
三州吉良殺人事件　内田康夫
朝日殺人事件　内田康夫
讃岐路殺人事件　内田康夫
記憶の中の殺人　内田康夫
「須磨明石」殺人事件　内田康夫
歌わない笛　内田康夫
イーハトーブの幽霊　内田康夫
秋田殺人事件　内田康夫
幸福の手紙　内田康夫
恐山殺人事件　内田康夫

しまなみ幻想　内田康夫
藍色回廊殺人事件　内田康夫
上野谷中殺人事件　内田康夫
鞆の浦殺人事件　内田康夫
高千穂伝説殺人事件　内田康夫
御堂筋殺人事件　内田康夫
終幕のない殺人　内田康夫
長野殺人事件　内田康夫
十三の冥府　内田康夫
浅見光彦のミステリー紀行第1集　内田康夫
浅見光彦のミステリー紀行第2集　内田康夫
浅見光彦のミステリー紀行第3集　内田康夫
浅見光彦のミステリー紀行第4集　内田康夫
浅見光彦のミステリー紀行第5集　内田康夫
浅見光彦のミステリー紀行第6集　内田康夫
浅見光彦のミステリー紀行第7集　内田康夫
浅見光彦のミステリー紀行第8集　内田康夫

うぐいす色の旅行鞄〈27歳の秋〉

利休鼠《りきゅうねずみ》のララバイ〈28歳の冬〉

濡羽《ぬれば》色《いろ》のマスク〈29歳の秋〉

茜《あかね》色《いろ》のプロムナード〈30歳の春〉

虹《にじ》色《いろ》のヴァイオリン〈31歳の冬〉

枯葉《かれは》色《いろ》のノートブック〈32歳の秋〉

爽香読本 夢色のガイドブック――杉原爽香、二十一年の軌跡
書下ろし短編「赤いランドセル〈10歳の春〉」収録

真珠《しんじゅ》色《いろ》のコーヒーカップ〈33歳の春〉

桜《さくら》色《いろ》のハーフコート〈34歳の秋〉

萌黄《もえぎ》色《いろ》のハンカチーフ〈35歳の春〉

柿《かき》色《いろ》のベビーベッド〈36歳の秋〉

コバルトブルーのパンフレット〈37歳の夏〉

菫《すみれ》色《いろ》のハンドバッグ〈38歳の冬〉

赤川次郎ファン・クラブ

三毛猫ホームズと仲間たち

入会のご案内

会員特典

★会誌「三毛猫ホームズの事件簿」(年４回発行)
会誌の内容は、会員だけが読めるショートショート(肉筆原稿を掲載)、赤川先生の近況報告、先生への質問コーナーなど盛りだくさん。

★ファンの集いを開催
毎年夏、ファンの集いを開催。賞品が当たるクイズ・コーナー、サイン会など、先生と直接お話しできる数少ない機会です。

★「赤川次郎全作品リスト」
500冊を超える著作を検索できる目録を毎年５月に更新。ファン必携のリストです。

ご入会希望の方は、必ず封書で、〒、住所、氏名を明記の上、80円切手１枚を同封し、下記までお送りください。(個人情報は、規定により本来の目的以外に使用せず大切に扱わせていただきます)

〒112-8011
東京都文京区音羽 1-16-6
(株)光文社　文庫編集部内
「赤川次郎Ｆ・Ｃに入りたい」係

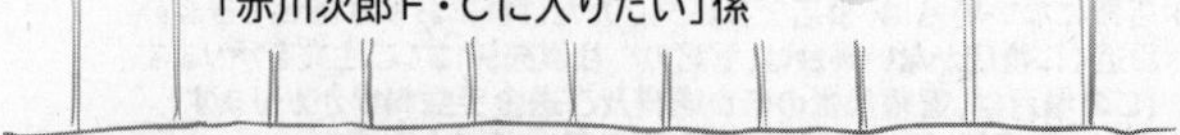